怪談グランプリ2018

獄変

監修　山口敏太郎

著者　山口敏太郎／あみ(ありがとう)／あーりん
大島てる／小原猛／志月かなで／渋谷泰志
島田秀平／竹内義和／田中俊行／徳丸新作
はやせやすひろ(都市ボーイズ)／疋田紗也
星野しづく／松原タニシ／三木大雲
渡辺裕薫(シンデレラエキスプレス)／横山創一

TOブックス

怪談グランプリ2018
地獄変

もくじ

イラストレーション
アートギャラリーハギオ
油絵画家：萩尾浩幸

フランス芸術家協会永久会員
プラド美術館財団芸術会員
エコールドパリ美術会員
国際画家としてスペイン本部より認定される
ヨーロッパを中心に世界各国で作品を発表し
高い評価を受ける、受賞歴多数
また、イラストや造形も手掛ける

呼ぶ声

ぁみ（ありがとう）

只々、元々好きで集めて喋っていた「怪談」。

それを最近は人前で喋らせていただく機会もとても増え、そのおかげで一緒にワイワイ楽しむ怪談仲間さんも増えた。久々にお会いしたかたやそれこそ全国のかたがご自身の体験談を話してくださる機会も沢山増え、物凄く怪談を楽しんでいる。

その中の一つであり、体験談を話してもらえる大きなきっかけを作ってくれているのがＹｏｕＴｕｂｅでやっている「怪談ぁみ語」だった。

僕の知人でりょうさんという男性がいる。年齢は僕より少し上で三十代後半、埼玉県にお住まいの方だ。僕が地元山口県から東京に出てきてから、わりと早い段階に知り合った。

人当たりも良く気持ちのいい人柄の方で、僕の事も初対面の時からとてもよくしてくれている。その後、何度かご飯やレジャーなどにもお誘いくださり、気がつくと十年以上の付き合いになる。僕がＴＶ番組なんかに出るとそれも喜んで見てくださっていて、でも「怖いねー！　怖いねー！」って言うだけで、十年以上の付き合いの中で怪談を好きだとかそんな気配は無かった。

そんなりょうさんが、僕がＹｏｕＴｕｂｅに毎週怪談動画をアップするようになると、その時初めて言ってくれたのだ。

「おれの小学校の時の話、使いなよ」


りょうさんが小学校三年生の時、ご両親と埼玉県のとあるアパートで暮らしていた。

お父さんはいつも夕方にお仕事を終えて帰ってくる。なので、晩ご飯は大体いつも家族一緒に食べていた。

お母さんは専業主婦。りょうさんが小学校からお昼過ぎに帰ってくると、よく一緒に晩ご飯の為の買い物に行っていた。りょうさんもそれが楽しくて毎日の日課のようになっていた。

この買い物が、時間もルートも大体いつもお決まりの感じがあった。学校から帰宅し、りょうさんが自分の部屋にいると、大体いつも夕暮れ前くらいの決まった時間になるとお母さんが部屋のドアを開けて、

「りょう、行くよー！」

と声をかけてくれるのだ。するとりょうさんは返事をしてそれについていく。それから、近所のいつも行くいつも通りの商店街で、いつものこのお店に寄りあのお店に寄りという、

お決まりのお馴染みのルートがあったのだ。

その中の一つに必ず行くいつもの八百屋さんがあった。お母さんが八百屋の大将と仲が良く大将も話の面白い人なので、行くといつも店先でしばらく二人で楽しそうに立ち話をしているのだ。毎回結構な長話になるのだけど、りょうさんもそれを聞くのが好きだったので、いつも八百屋さんの店先に停めてある軽トラックの荷台の一番後ろに腰をかけて、投げ出した足をブラブラさせながら目の前で話す二人を見ていつも過ごしていた。

そんな買い物に「今日も行くだろう」と思いながら、この日も帰宅して部屋で一人過ごしていた。

それが、気がつくといつもお母さんが呼びに来る時間を過ぎていた。「あれ？」と思いつつ、「そろそろかな。そろそろかな」と過ごしていると、窓の外の日が暮れはじめていた。「どうしたんだろう」

りょうさんはドアを開けてリビングを覗いた。

リビングの明かりはついておらず、ほんのり暗いリビングの奥の方、窓の手前でお母さんが向こうを向いて正座をしている。その背中に向かって、

「……お母さん、まだ行かないの？」

返事が無い。

窓から入る日の光の中、ほんのり暗いリビングの奥で、お母さんの背中が暗く見える。

「お母さん？　ねぇ、お母さん？」

返事が無い。だけど、よく見ていると気づいた。

お母さんの肩が上下に小刻みに震えているのだ。

それに気づいて声をかけながら駆け足で近づいた。

「お母さん？　ねぇお母さん？　どうしたの？　ねぇ？」

肩を掴み、顔を覗くと、お母さんが泣きながら震えていた。大きく開いてどこを見ているかわからない、そんな目をしながら、

「私を呼ぶ声がする！　私を！　私を呼ぶ声がする！」

涙を流しながら、震えが大きくなる。

「お母さん!?　ねぇお母さん!?　どうしたの!?」

「私を！　あああ。私を呼ぶ声がする！　私を呼ぶ声がする！　ああああ」

おかしくなってしまったと感じ、慌ててお母さんの両肩に手を回してなだめようと必死になる。

「お母さん！　ねぇ！　お母さん！　お母さん!!」

お母さんは涙を流しながら大きく震えている。

「ああああ。ああああああ」

「お母さん！　お母さん！」

両肩を抱いて顔を覗き込みながら、お母さんの傍にいると、少しずつ、少しずつ、震えが緩くなり、大きく呼吸をしはじめた。

「……ごめんね。りょう、ごめんね」

少しずつ落ち着きを取り戻しながらお母さんは言ってくる。

「お母さん……大丈夫？」

「ごめんね。ごめんねりょう」

フーッ、フーッ、と呼吸を整えながらお母さんは涙を拭った。

一体何が起こったのか、わからない。目の前でお母さんが見た事のない様子になっていた。あまりの様子にお母さんではないのかとすら感じる程、普段とは違う姿だった。

「一体何が起きているんだろう」怖さがどんどん押し寄せて来る。「この家に何か居るのだろうか。自分とお母さんしか居ないはずのこの家に、何か居るのだろうか」恐怖と不安で心臓がバクバクしている。何があったのかお母さんに聞いてみたい、しかし先程のような事になってしまうのではと思い、聞けないでいる。すると、落ち着きを取り戻したお母さんがハッとした表情で、窓の外を見たあと時計を見た。

「もう、こんな時間。ごめんね、りょう。買い物に行こう。お父さんが帰って来ちゃう」

慌てて動き出したのだ。

りょうさんも一緒に家を出ると、いつもの道を通りいつもの商店街へ。

チラチラお母さんを見るが普段通りの様子だ。もう大丈夫かもしれないと思い訪ねてみた。

「お母さん、家で一体何があったの？」

「……ごめんね。お母さんおかしかったね。あまりにも怖くてね」

そう切り出すと、お母さんは説明をしてくれた。

そろそろ買い物に行こうかと身支度をしていた時の事。家の中には自分とりょうしか居ない、それがわかっているのに、その家の中、自分のすぐそばから声が聞こえたのだ。

振り返るが誰も居ない。もしかしたら隣や近所の話し声かもしれないと考えようとはしたのだが、壁の内側か外側、つまり今居る部屋の中から聞こえている声かどうかはさすがにわかる。明らかに同じ部屋の中なのだ。むしろすぐそばで聞こえる。何か声が聞こえる。そのうち気づいた。それは聞こえるというより、自分に話しかける声だった。自分の名前を呼ぶ声だったのだ。全身に鳥肌が立った。自分とりょう以外に誰も居るはずがない。そのすぐそばから話しかけられている。あまりに怖くて動けないで居た。

気がつくと、長い時間怖くて動けないままそこに正座して怯えて居たのだ。

「りょうが肩を抱いてくれて、本当によかった」

そう話してくれた。

お母さんの周りでそんな事があったのかと考えると、とても怖かった。一体何が起きたかと考えていると、お母さんは、

「りょう、お母さんね、きっと気のせいか何かだったのかな。でもね、怖くて気が動転しちゃってね。それをりょうが助けてくれたの。ありがとうね」

お礼を言ってくれた。特別な事をしようとしたつもりはなかったのだけれど、褒められたような気がして、とても嬉しかった。

そんな話をしていると、いつもの八百屋さんが向こうの方に見えてきた。

「えっ！」

八百屋さんの前に沢山の人だかりができているのだ。駆け寄って見ると、八百屋さんの店先に車が突っ込んでいて大事故になっている。お母さんと二人で真っ青になった。

店先の野菜が並んでいたであろう台と軽トラの後ろに車が突っ込んでしまっているのだ。救急車と警察も来ていて大騒動。どうやら店先に立っていた大将もはねられたらしくそこに倒れ、重症で運ばれているのだ。店先には大将が流したであろう血のあとが大量に残っている。

その光景にゾッとした。さっきの今で、なぜこんなにも身近に怖い事が次々に起きるんだ。

そう思ってお母さんの顔を見上げると、さっきまで真っ青だったお母さんの顔がハッとした表情をしているのだ。そして、その目には涙が溜まっていた。

「お母さん？　お母さん？」

「……どうして気づかなかったんだろう」

「お母さん、どうしたの？」

「どうして気づかなかったんだろう。あれ、あの声。おばあちゃんだ。私を呼ぶあの声、おばあちゃんだ」

お母さんが「おばあちゃん」と呼ぶ存在、それはりょうさんにとってのおばあちゃんであり、お母さんにとっての「お母さん」の事だ。そして、そのおばあちゃんはもう何年も前に亡くなっているのだ。

「私の事を呼んでいたあの声、おばあちゃんの声だったんだ」

お母さんは涙ぐんでいる。

「おばあちゃん。おばあちゃん。ありがとう」

当時のりょうさんにはその意味がわからなかった。

そんな話を聞かせてくれた。


「どう？　ぁみちゃん、この話使いなよ」

「わぁ。りょうさんありがとうございます。まさかりょうさんもそういう体験なさっていたんですね。」

「当時はさぁ、ほんと怖かったよ。だけどさぁ、何年か経って思うのは、あの時いつもの時間にいつものように商店街に行って、八百屋さんでいつものように店先で立ち話をしてたらさぁ、車が突っ込んで来た時に跳ねられたのは大将だけじゃなかったと思うんだよね……」

「そういう事ですよね」

「それを、部屋の中で聞いたあの声のおかげで家を出るのが少し遅くなって、八百屋さんに着いたらこれじゃん。オレさぁ、いつも軽トラの荷台の一番後ろに座って足ブラブラさせてたんだけど、そこに車が突っ込んでたんだよね。あの時居たらオレ普通に死んでたよね。あれ」

「うわ、こわっ」

「お母さんさぁ、涙目になってて、助けてもらった守ってくれたって言ってたのよ。当時よくわかんなかったけど、今ならよくわかるんだよね。だから、おばあちゃん今もオレらの事見守ってくれてると思うからさ、向こうに言ったらお礼を言おうと思ってるし、その為にもオレは胸張れる生き方しなきゃって思ってんだよね」


むちゃくちゃいい話を聞かせてもらった。

「僕が怪談やってるのいつも見てくれてるのに、なんでそんないいやつ今まで教えてくれなかったんですか」

「ほら、髪の長い女がとか血だらけのどうとかじゃないから、あみちゃんがテレビで喋るにはあれかなと思ってたんだけど、ＹｏｕＴｕｂｅにほらそうじゃない話とかもあげてるじゃん。それならと思って」


色々な話をアップしててよかった。

いや、ほんとそう。色々な怪談が好きなんだ僕は。

こういうお話もどんどん聞きたいしお喋りしたい。

怪談って本当に楽しい娯楽だと思う。そりゃあ悲鳴をあげたくなる描写のお話にもそのお話なりの魅力はあるんだけど、そういった描写の無いようなお話も大好きだ。

怪談は、『怖い』を共有する楽しさがあったりもするし、しかし怖いだけじゃなくて、怪談には心があったり人間味やドラマがあったりする。怪談をやっていて楽しい事や心が癒される事もある。そんな怪談を、僕は色々聞いてみたいし、いろんな人のいろんな体験談を聞いてみたい。喋るのも好きだけど、聞くのも大好きだ。

僕はきっと、これまでもこの先もずっとイチ怪談ファンなんだと思う。


「でさぁ、あみちゃん。五年くらい前もなんだけどね、オレが旅行で……」

「え、りょうさんまだ持ってるんですか！」

楽しい。

引きずり人形

あーりん

たいてい、どこの家にも親の言う事を聞かない子供や、なかなか寝付かない子供を脅かして従わせる恐怖の存在、いわゆる「ブギーマン」がいる。

その名前や姿は、どこかのテレビ番組や絵本の中で見かけたようなモンスターをもじったモノだったり、親の口から出まかせで創造されたモノだったり、いずれにせよ躾《しつけ》の為に作られた空想上の家庭内モンスターでしかない。

我が家にも「引きずり人形」と呼ばれる「ブギーマン」の存在があった。

「遅くまで起きてたら引きずり人形が来るよ」子供の頃、母はよくそう言って私と弟の早寝を促《うなが》したものだった。

その「引きずり人形」が来たらどうなるのか、何をされるのか、どんな姿をしているのかを母に聞いても「あれは恐ろしい、聞かん方がいい」と、はぐらかされるだけで詳しくは教えて貰《もら》えない謎のモンスターだったが、名前の響きがなんとなく不気味なので、会いたくない一心で早寝の言いつけに従ったものだった。

私が小学五年生の時の、ある冬の夜のこと。

その日は夜中になっても何故か寝付けなかった。

目をつぶって羊の数を数えてみたり、逆に何も考えたり思い浮かべたりせず心を静かにしてみたり、布団の中で眠る為の方法をいくつも試してみたが、やはり眠れない。

同じ部屋で、隣で川の字になって寝ている弟と母は、恨めしいくらいに寝息を立ててぐっすりと眠っているが、眠ろうと思えば思うほど時計の秒針の音が気になってしまい、目が冴えてしまう。

最後に枕元の目覚まし時計を見たのは、たしか夜中の一時を少し過ぎた頃だったたか。

あれからどの位の時間が経っているのだろう。暗い静かな部屋の中で、弟と母の寝息と時計の秒針の音がそれぞれ一定のリズムで聞こえてくる中、妙な雑音が混じっていることに気づいた。

テレビの砂嵐画像のようなザーッというノイズ音と、それと重なるように複数の者が発していると思われる小さく甲高い音声。

ちょうど小学校の休み時間の教室のようなペチャクチャ、ザワザワ……という話し声の雰囲気に似ている。

外からの声だろうか？　いや、ここは団地の四階で窓も閉まっているし、周囲には冬の深夜に徘徊できるような場所もない。それにそんな遠くからの声には感じられない。

あらゆる可能性を考えては打ち消し、布団の中で目を閉じたまま索敵をするが如く耳に神経を集中していると、閉じているはずのまぶたの裏に、部屋続きの隣の居間の様子が目を開けて見ているかのように投影され始めた。

寝室と隣の居間はふすまで仕切られた続き部屋で、いつもふすまは開いている。部屋の真ん中に置いてあるコタツ、二枚ふすまの押入れ、押入れのふすまの前に置いてある三面鏡、押入れの反対側の壁面のテレビ……いつもの見慣れた部屋の様子が暗闇の中に薄ぼんやりと見えている。

もはや自分が目を開けて見ているのか、閉じたまぶたの裏に投影された映像を見ているのか判らないが、ただ部屋の景色を強制的に見せられているような状態なのだ。ほどなく閉められているはずの押入れの下段あたりから、黒い影がのっそりと這い出すように出現し、ゆっくりと立ち上がった。

窓の位置からして身の丈は一メートル位だろうか、横から見た人の形をしている。表情まではよく見えないが、床に届いて引きずるような長い髪に、同じく引きずるほどの長い裾の着物を着た、どうやら女のようだ。

そして女の髪の先や着物の裾には、十センチほどの小さな人のような形をしたモノが何十人もしがみついて、ペチャクチャと雑談のような会話をしている。

先ほどから聞こえている複数の声の主はコイツらだったのだ。

ゾッとするような異様な光景に息を呑み、目を閉じて寝たふりをしようにもまぶたが閉じられない。

いやすでに目を閉じているのに、まぶたの裏に景色を見せられているだけなのかも知れないが。


女は髪や裾にしがみついた小さな人々を引きずって、無言のままスローモーションのようにゆっくりと歩き出した。

あの小さな人々はたぶん人形だ、それを引きずって歩くコイツこそ、母の言う「引きずり人形」に違いない。直感でそう思った。

私は「気付かれませんように！」とか「こっちに来るな！」とか心の中で必死で何度も何度も念じた。

その祈りは届かず女は四歩ほど歩いてコタツの端に来ると、あろうことかコタツに沿って直角に曲がり、なんと私たちが寝ている部屋の方を向いて歩き始めたのだ。

一歩、二歩、三歩、四歩……「引きずり人形」が近づいてくる。

「来るな、来るな、来るな……！」私はより強く念じ続けた。

五歩目、そのまま真っ直ぐ私の方に向かってくると思われた「引きずり人形」は、コタツに沿って体を直角に翻《ひるがえ》し、速度も歩幅も変えることなくゆっくりと歩き続け、端に来たらまたコタツのふちに沿って方向転換して歩き続けた。

どうやらコタツに沿って四角く歩いているようだ。

たぶんこちらには来ないだろうと言う安堵感と、少しの拍子抜け感。

「引きずり人形」は、相変わらずペチャクチャ喋っている人形達を髪や裾に絡めて引きずりながらコタツの周りを何度か周り、再び三面鏡で塞がれた押入れの下段へ潜るように消えて行った。

砂嵐のようなノイズ音と小さな話し声が完全に消えた時、時計の針は朝の四時をさしていた。


翌朝、「昨日な、引きずり人形、見てん！　三面鏡が置いてあるトコから出てきてん！」と、言っても母は「そうか」と軽く流し、弟は「怖いから言わんといて！」と耳を塞いた。

その後も、私が夜ふかしぎみになった時の母の脅し文句は相変わらず「引きずり人形が来るで」だったが、あの夜以来、二度とあの声にも女にも会うことはなかった。


あれから数十年。

母が亡くなり、幼少期を過ごした賃貸住宅を明け渡さなければならない時が来た。

私と弟の二人で家具とその中身を分別して処分し、部屋の中をある程度からっぽにしてから、普段さわったこともない天袋や押入れの中の物を取り出すことになった。

まず、居間の押入れの右側に収納された引き出し式の衣類ケースとその中身を全て処分し、左側のふすまの前に置かれていた三面鏡を解体処分して、初めて左側のふすまを開けることになった。

三面鏡のおかげで開かずの押入れになっていたそこからは、懐かしい冷暖房器具の他、頂き物らしき未使用の鍋や食器など、どこの実家にでもありそうなガラクタと、紐で十字に縛られた一メートルくらいの柳行李（衣装入れ）が出て来た。

柳行李自身、初めて見るシロモノだし、そう重くはないものの中身は何なのか分からない。きつく縛られた紐をカッターで切り、そっとフタを開けて息を呑んだ。

柳行李の中には、十センチから十五センチくらいの日本人形や民芸品のような古い人形が、無造作かつ大量に入っていたのだ。

大人になってすっかり忘れていたが、小学五年生の時のあの冬の夜、この押入れのこのあたりから「引きずり人形」が出て来たのだ。

もしかしてこれは、あの時の人形たちだろうか？

慌ててフタを閉め、とりあえず解体して縛った家具や食器類と共に、人形が詰まったままの柳行李を団地の一階入口に下ろした。

人形をこのまま大型ゴミとして廃棄するべきか、供養などをするべきか……などと考えながら四階の部屋に戻り、再び次のガラクタ類を持って、一階入口に運んだ時。

……なんかさっきと違う。

ついさっきここに置いたはずのガラクタ類の中から、例の柳行李だけが無くなっているのだ。

団地の一階と四階を往復した、ほんの三分ほどの出来事である。

周囲には持ち去る人の姿もなく、柳行李や人形が再びゴミ置場などに置かれている様子もなく……。

数週間かかって室内を空っぽにして明け渡したその後も、その柳行李も人形たちも、再び見ることはなかった。

あの押入れに柳行李を収納したのも、押入れの戸の前に三面鏡を置いて開かないようにしたのも、亡くなった母である。

母は何かを知ってて、そうしたのだろうか……。

今となっては、全てが謎のままである。

恐くない話

大島てる

私、大島てるは事故物件を公開しているインターネットサイトの管理人だ。

事故物件とは、要するに人が死んだ土地や建物のことだ。具体的には、自殺があったマンション、火事で死者が出たアパート、そして殺人事件の現場となった一戸建てなどだ。

このようなサイトをもう十二年半も運営しているので、まさしく怪談といったケースもこれまでいくつも目の当たりにしてきた。

例えば、せいぜい店舗付き住宅といった程度の三階建ての小さなビルに絡んで、たった四年半の間に四人も死んだというケースがある。まず、三階で酔っ払った住人同士がケンカになり、ビール瓶で頭を殴られた方が死んでしまった。続いて、屋上でおそらくはビルの住人が首吊り自殺した。一階で美容院を営んでいる大家さんは、自分の所有物件で二人も死者を出し、二重の事故物件と化してしまったのだから、さぞかしダメージを受けているはずと同情していたら、なんと今度はその大家さん自身が一階で刺殺されたのだ。犯人は二階の住人で、警察に発見された時には既に自殺した後だった。

それから、前の所有者が自殺したことで空室となって売りに出た中古分譲マンションを、事故物件であることを承知の上で買った次の所有者が、また同じ部屋で自殺するに至ったというケースもある。

さらには、死者が出るほどの火事が起きたため、取り壊されたアパートの跡地に新築されたばかりのマンションで、さっそく殺人事件が起きてしまったというケースまである。

一風変わったケースでは、夫婦揃って自宅マンションで飛び降り自殺した際に、夫は外階段から飛び降りたのに、なぜか妻は窓から飛び降りたというケースがある。

いずれのケースにも共通しているのだが、決して治安の悪いエリアでおきた出来事ではない。

ここまであれこれ説明しても、「本当に怖いのは幽霊よりやっぱり人間」などと月並みに言われてしまうことがある。

確かに、私自身も死体遺棄事件の現場となったマンションの大家から訴えられたことがあり、そうした悪徳大家も怖いと言えば怖い。なにしろ、かつて死体が遺棄されていたことを隠すことで、今後も高額な家賃収入を稼ぎ続けたいというのだ。真実を隠ぺいしようと凄腕の弁護士を雇うお金があったのだから、事故物件であると正直に伝えた上で家賃を安くすればよいものを、それは絶対にしないというタイプの人間だ。

だが、その裁判はあっさり大島てるの完全勝訴で終わった。この悪徳大家の主張は法的にめちゃくちゃなのだから当然だ。

そうすると、裁判所に相手にされないのなら暴力しかないと考える輩が現れても驚きではない。そのような心配をしていた矢先に、兵庫の福寿剛（仮名）という男から殺害予告を受けた。私の「首を生きたままゆっくりと切り落としたい」などと、頭の悪さがにじみ出た脅迫文だった。

警察とのコネをフル活用して犯人を逮捕させ、前科者の烙印を押させたのは言うまでもない。

氏名で検索すると永久に実名報道記事がヒットするのだから、社会的にはもう終わりも同然だ。結婚や就職なんて夢のまた夢。「おまえの父ちゃん犯罪者！」と同級生に囃《はや》し立てられるような子どもがいないのが不幸中の幸いだ。

正反対に、パクリも由々しき問題だ。真っ向から攻撃してくるのとは異なるし、模倣は最大のリスペクトとも評される。だが、丸ごとコピーした管理人を放置しておくことはできない。たとえオマージュだとしても、本家本元たる大島てるの広告収入が激減してしまうからだ。それだけではない。パクったのはむしろ大島てる側だと勘違いする人々まで出てきてしまったのだ。

だが、パクリサイトの管理人は平成二十三年三月十一日に姿を消した。管理人の身に何が起きたかは知らないが、猿真似が止んだのだから、それだけで万々歳だ。

結局のところ、幽霊より怖いと思えるほどの人間に、私はまだお目にかかったことがな

こう。

さて最後に、私が出演させていただいた『怪談グランプリ2015』にも軽く触れておこう。

約五年前に東京の赤羽という所で、就職活動に失敗した女子大生がヘリウムガスを吸って自殺したのだが、その記事を巡って、母親からプライバシーがどうたらこうたらという理由で訴えられたことがある。その顛末を話したのだ。

大島てるを訴えたことでその母親に不幸が訪れた——娘が自殺している時点でそもそも十二分に不幸だが——のはもちろんだが、それに留まらず、その母親側の弁護士の母親も自殺した、さらには……という、所詮はただそれだけのネタだった。そのため、自分でも「これじゃ単なる笑い話だなぁ」とわかってはいた。案の定、審査員の皆さまには全然怖がってもらえず、ビリの評価に終わってしまった。

やはり、幽霊とは無関係の人間ネタだったことが敗因かもしれない。

また出演できるチャンスがあれば、今度こそきちんと怖いネタを披露したいと思っている。

通称チャイナタウン

小原猛

これは何年か前に、私がとあるTVの企画でコーディネーターをしていた時の話である。

ある時、何度か仕事を一緒にしたことがある、東京のMさんというフリーのディレクターから電話がかかってきた。

曰く、「沖縄の心霊スポットをテレビでやりたいので、ロケハンで案内してほしいんだけど」ということだった。

知らない仲でもなかったのでその仕事を請けることにして、Mさんが沖縄に来るのを待った。だがあいにくMさんが沖縄に滞在している期間は台風が来ており、コースは台湾に逸れはしたが、それでも雨風はいつになくひどかった。

「私が連れてきたんでしょうかねえ」

そんな感じで、Mさんはボソリと言った。だがロケ期間は限られているし、大雨でもロケハンしないことには埒《らち》が開かない。そこで大雨の中、車で移動中に話をした。

「Mさんは幽霊って見たことあります？」

「あ、いや、まったくありません。それに信じてません」

「信じてないんですね」

「はい、あんなものは思い込みなんです。いませんよ」

そういってMさんはニャハハと笑った。

そんなこんなで、豪雨と暴風の中、沖縄の心霊スポットを何ヶ所か案内して回った。

その夜のことである。那覇市内で二人で飲んでいると、Mさんが急に気分が悪いと言い出した。

「なんか、首に縄でもかかっているみたいに苦しくて、気分悪い……」

そこでホテルの部屋に送り届けて、次の日、私が再び部屋に行ってみると、Mさんは寝込んでしまっていた。

「昨夜うなされた。なんか取り憑いてるかもしれない」とMさんが語った。昨日、幽霊なんて信じない、ニャハハと笑っていた男が、である。

「医者に行く？　車で送るけど」

「いや、違う違う。あの、昨夜なんだけど、夜中にいきなり足を掴まれて目を覚ました。真っ黒い焼け焦げた人の塊みたいなのがいて、足を掴んで離さないんだよ。悲鳴を上げて目を覚ました。お願いだから霊能者さんとか呼んで欲しいんだけど」

昨夜、幽霊なんか信じないと言っていた奴が、今日はこのていたらくである。

仕方がない。

呼ぶか。

私は知り合いのKさんというユタさんに電話をした。

「ユタ」とは沖縄のシャーマン的な存在の呼称である。沖縄では祭祀を司るものはノロといい、ノロは琉球王府から任命された、いわば公務員で、それ以外の民間療法的なことやカウンセラー的なこと、そしてお祓いや先祖やお墓のことは、ユタが一切取り仕切っていた。ノロは琉球王府の解体によってなくなったが、もとから霊感の強いものであったユタは、その家系によって脈々と現代にまで生き残っている。

ユタのKさんは、もう七十過ぎのオバアだが、ひょんなことから知り合って、長年お付き合いをさせていただいている。Kさんはホテルの部屋に来ると、私にだけボソリとこう囁《ささや》いた。

「あれよ、あんた。アーミーがついているよ」

「アーミー？　海兵隊ですか？」

「そうそう。迷彩服着た金髪の若いヤンキーだね。ヘッドフォンで音楽聴きながら死んだみたいだよ」

それからKさんは寝込むMさんの横に行き、お酒と花米（赤く着色したお米）でお祓いをした。それで一応落ち着いたのだが、どこでこんなことになったのかという話になり、

Kさんが「昨日行った場所を全部言って」というので、詳しく話した。

大山貝塚。いや、そこじゃないねえ。

知念村の七福神の家。いいや、そこでもない。

恩納村のスリーエスカーブ。そこでもないねえ。

中城城址横の、通称チャイナタウン。

「おお、おお」とKさんが言った。「あんたー、まさしくそこだよお。何かしたろ?」

話を聞くと、そこから迷彩服を着た海兵隊の若者を一人連れてきているという。もちろん生きたモノではない。

だがその話を聞いて、私にはちょっとひっかかるものがあった。

通称チャイナタウン。そこは現在では世界遺産に指定されている城の横にある、建築途中のトラブルで営業できないまま放置された、巨大な廃墟ホテルである。その場所にはもとからウタキ(神様の聖域)があり、それを壊してホテルを作ったせいか、工事途中から死者が出たりと、悪い話が絶えない。だが迷彩服の海兵隊員の霊がなぜあんな場所にいたのだろう。

私にはその時点では理由は分からなかった。第二次世界大戦の時の兵隊なら、ヘッドフォンで音楽聴きながら戦争などしないはずだ。そしてKさんの描写した兵隊は、どう見ても第二次世界大戦時の死者には見えない容姿だった。

とにかく、お祓いをしたおかげでMさんはみるみる元気を取り戻し、残りのロケハンも無事に行うことができた。だが心の中になんだかモヤモヤしたものが残っていた私は、後日知り合いの新聞記者さんにお願いして、この廃墟のことを調べてもらった。

すると、奇妙な話を聞いたのである。

何年も前だが、この場所は一時、アメリカ軍人が非番の日にBB弾でサバイバルゲームをする場所として知られるようになった。あまりにも広い廃墟であるため、サバゲーにはうってつけだったのだろう。ところが過去二回、この場でサバゲーをすることが全面的に禁止され、それを破ったものは厳罰に処するという旨の公示がアメリカ海兵隊から正式に出されたことがあった。

どうやら、サバゲー途中の海兵隊員が少なくとも二人、足を滑らせて落下し、死亡したようなのだ。

「一人は確認取れなかったんですが、もう一人は確認取れました。○○基地所属の二等兵で、当時流行っていたウォークマンで音楽を聴きながら、廃墟ホテルの一番上から足を滑らせて死んだみたいですよ」

事件を調べてくれた新聞記者さんは、丁寧にそう答えた。

ああ、なるほど、こいつが憑いてきたのかもしれない。

一応そのことを、ディレクターのMさんにも電話して伝えた。

「小原さん、やめてくださいよ。最近はもう心霊ロケとか行っていないのに」

おびえた声でMさんは答えた。その夜、Mさんは太った海兵隊員に襲われる夢を見たというので、朝の六時に私に電話をかけてきた。もちろん私は「気のせいですよ」と言って、すぐに電話を切った。

その後、Mさんがどうなったかは、神のみぞ知る。


それから二年ぐらい経った、ある日のこと。

別のDVDの関係で、あの場所へ再び人を案内することになった。それは心霊スポットに罰当たりな突撃を繰り返しながらカメラを回すというもので、ロケの間、おかしなことが沢山起こった。たとえばロケ場所に向かう途中、高速道路を走っている最中に、私は自転車に乗ったおばさんが、道路を渡ろうと路肩にいる姿を見た。真夜中に、高速道路、である。まさかと思って他の人に「今の見た？」と聞くと、実はみんなはそれぞれ違うものを見ていたことが分かった。

一人は犬を連れた白っぽい人影。

ある人は自転車と犬を連れた人。

みんな見ているものがばらばらであった。

そんな中、くだんのチャイナタウンでロケをしたのだが、途中で声は聞こえるわ、オーブのようなものが見えるわ、置いていた人形が勝手に倒れるわ、いろんなことが起こった。

だが一番奇妙なことは、ロケが終わった後に起こった。

チャイナタウンには、水子が沢山いるという霊能者さんやユタさんが一杯いる。つまり、その近くの寺で水子供養をしているのだが、なぜかその上にあるチャイナタウンで水子たちが集まってホテルごっこをしているというのである。くだんのＤＶＤでは、そのホテルのゲームセンター跡で水子たちにヒーローショーを見せるという、お馬鹿な企画も行っていた。

するとロケが終わってから、私は何回も廃墟ホテルの夢を見た。というか、見せられた。廃墟の中を歩いているのだが、なぜか先頭を三十センチくらいの背丈で、幼稚園児の被る黄色い帽子を被ったモノが、ワサワサと列をなして群れている。そして彼らは私の腕をひっぱり、人間は入ることの出来ない、壁の隙間へと連れ込もうとする。私からは帽子しか見えない。彼らは非常に強い力で、私をコンクリートの向こう側の世界へ連れて行こうとする。

そんな変な夢だった。

それからすぐに、私は熱を出して寝込んでしまった。最初、何だかこれはやばいなと思いつつ、他の仕事もあったので市販の風邪薬でなんとかなると思っていたら、とうとう三十九度も熱を出して倒れてしまった。すると寝込んでいる私に、Ｍさんから妙なメールが来た。

「実は昨夜から小原さんのことばかり夢に見るんだけど、大丈夫ですか?」

私は「大丈夫じゃねえよ」という趣旨のメールをMさんに送った。

すると、なぜかMさんがユタのKさんに連絡をしてくれて、Kさんからすぐに電話が掛かってきた。

「あい、小原さん、あんた大丈夫ね?」

「はい、ちょっと体調がおかしくて」

「あんたよ、あんまり変な仕事を請けると、そのうち体調壊して大変になるよ」

「はい、おっしゃる通りです」

「あのよ、この件に関しては、私がうまく取り計らっておくから。いいね?」

「あ、はい。ありがとうございます」と私は言って、電話を切った。

そして横になって、そのまま寝てしまった。すると、夢を見た。

またぞろ廃墟ホテルの夢だった。まわりを小人のような黄色い帽子を被った後姿の子どもたちに取り囲まれている。すると廃墟の中にユタのKさんが現れた。両手にお菓子を沢山持っている。子どもたちは一目散にKさんに群がり、お菓子の争奪戦が始まった。お菓子を受け取った子どもたちは、実に幸せそうだった。

目が覚めると朝だった。

昼過ぎになると、もう熱が下がった。

そして午後三時すぎに、Kさんからメールが来た。

「朝からあんたの代わりに廃墟ホテルに行って、お水と沢山のお菓子をうさげてきたから（お供えしてきたから）大丈夫です。きっと熱は下がるから安心しなさい」

それから熱が上がることはなかった。

事実を列挙すると、まあそんな感じになる。


今でもその場所に連れて行ってくれとテレビ関係者から言われることもあり、つい最近も某ＤＶＤの企画で案内をした。

でもそんな時は、必ずカバンにチョコレートとか、お菓子を入れるのを忘れない。

それが本当にいるのかどうか、私には確かめようがないけれど、一つだけ分かることがある。


子どもはお菓子が大好きだ。

実物のお菓子を死んだ子どもが食べられるかどうかは、私には分からないし、知らない。

でも気持ちの問題だと思うのである。

気持ちとは、言葉を変えて言えば、魂である。

もし魂があるとして、お菓子で気持ちが通じるのなら、こんな素敵な話はないと思うのである。

そしてあの場所には、まだまだいろんな話が語られずに眠っている。たとえば背中に乗ってくる子どもの話や、ホテルの中に閉じ込められてしまった霊石（ビジュル）と弁財天の話などもあるのだが、枚数が尽きてきたので、それはまた別の機会にお話しすることにしよう。

左足

志月かなで

人間の身体を切断する、いわゆる「バラバラ事件」はいつの世も絶えない。昔の日本人は、人間の身体をバラバラにして北斗七星の形や五芒星、六芒星、鬼門などの方角の配置を考えて埋めることで、結界を作ることが出来ると考えていたらしい。

例えば有名なものに、将門の首塚が挙げられる。首塚は大手町に、胴塚は茨城に、ほかに、手塚や足塚も各地に残されている。

このように人間の身体をバラバラにして埋めると、埋められた人間は怨霊として復活せず、守り神や結界の一種となってその街を守ってくれるというのだ。

バラバラ……といえば筆者も大学時代の先輩から、こんな話を聴いたことがある。

先輩の高校時代の友人に当たるAさんという女性の話だ。

Aさんの母方の一族は、代々沖縄に住んでいたという。

時は太平洋戦争末期、米軍は沖縄に激しい砲火を浴びせていた。その当時、Aさんの曽祖父は、日本軍の軍属として働いていたという。軍人ではなく、そのサポート役として働いていた彼は、上司からとてもいやな仕事を押し付けられていたそうだ。

Aさんの曽祖父は、捕まえた米軍捕虜の左足を、

ザグッ、ギリィイ……。ザグッ、ギリィイ……。ギリィイイイイ……。

骨ごと切断する任務に就いていたというのだ。

当時は足を切断するにも麻酔があるわけでもなく、そのままの状態で切っていたというから、考えただけでも凄惨な話である。

曽祖父からこの話を聞いた幼いAさんは、小さな声で曾祖父にこう尋ねた。

「どうして左足を切ったの?」

Aさんの質問に、曽祖父は苦々しい表情でこう答えたという。

「逃げられないように……。……歯向かえないように、するためさ」

思い出したくない事柄なのか、とても辛そうに話す曾祖父の横顔が、Aさんは今も忘れられないという。

やがて戦争も終わり、沖縄も平和を取り戻した。

捕虜の足を切るという、目を逸らしたくなるような仕事から解放された曾祖父だったが、

――ある日、不慮の事故に巻き込まれて怪我をしてしまった。


曽祖父は、なんと左足の切断を余儀なくされたのだ。


「わしが、やったことの……報いじゃ。……仕方ないのう」

曽祖父は、なくなってしまった左足の部分を摩《さす》りながら、寂しそうに、そう呟いたという。

いくら軍の上官の命令だったとはいえ、人の足を切っていた人間が、自分も足を失う。

因果なこともあるものだ。


――しかし、呪いの連鎖はこれで終わらなかった。

曽祖父の息子にあたるAさんの祖父、祖父の兄弟、そしてその子どもたち……、皆、一人、また一人と、ことごとく不慮の事故に遭ったのだ。

そして全員に共通していたのが、足が無くなる前に必ず、ある音を聞いていたということだった。

ザグッ、ギリィイ……。

という音……。
ある時から、他の誰にも聴こえない、こんな音が聴こえるようになるというのだ。

ザグッ、ギリィイ……。

何かを無理矢理に断つような音は、日を増すごとに大きくなる。

ザグッ、ギリィイ……。
ザグッ、ギリイ、ギリィイイ……！
ザグウッ、ギリィイ、ギリィイイ、ギリィイイイイ……!!

まるで複数人の恨みが幾重にも重なっているかのように。

耳を塞いでも、まるで己の頭の内側から響くようにして日夜鳴り続けるその不気味な音。

もう耐えられない!!

——そう思ったとき、決まって事故に遭うのだという。

「こりゃあ、ユタにお祓いをしてもらわなきゃいけんな……」

全員が同じような体験をしていると知り、一族総出で知り合いのユタにお祓いを頼みに行ったが、残念ながら効果は無かったそうだ。

左足を失う時期は、多少の前後はあれど、ほとんど年功序列で、二十歳に近づいた子から〝持っていかれる〟という。完全に欠損はしないまでも、事故や麻痺で動かなくなる、日常生活で引きずるようになる、といった状態になるらしい。

筆者の大学の先輩は、高校時代にAさんからこの話を聞いたとき、冗談か何かだと思っていたらしい。

しかし、参観日にAさんのお母さんを見て驚いた。Aさんの母親もやはり、左足が不自由だったからだ。そして彼女の兄も、左足の膝から下が欠損しており、車椅子生活を強いられていたという。

当時のAさんは、己の未来を怖がっていた。

「恐いの……。私の足も、無くなっちゃうかもしれないし……」

そして、呪いの足音はAさん自身にも忍び寄って来ることになる。
高校卒業後の、二十歳を目前にしたある日……あの音が聴こえたのだ。

ザグッ……。

恨みを晴らしきれない、——肉に、骨に、人の油に塗れながら、鈍い刃を滑らせる音が。

ザグッ、ギリィイ……。
ザグッ、ギリイ、ギリィイイ……！
ザグウッ、ギリィイ、ギリィイイ、ギリィイイイイ……!!

そしてAさん自身も、左足に後遺症が残る怪我を負うことになった。

Aさんはその後しばらくすると結婚して、四年ほど前に子どもが生まれたそうだ。

本来であればめでたいことだろうに、すくすくと成長していく子どもと暮らすAさんは、気が気でないという。

その理由は、ひとつしかない。

高校時代に抱いていた彼女の懸念が、現実になってしまうかもしれないのだから。

「恐いの……。私の足も、無くなっちゃうかもしれないし……。いつか私に子どもが生まれたら、その子の足も……無くなってしまうかも」

多くの場合、祟りは七代続くと言われている。

今のところ異常はないらしいが、将来Aさんの子にも、何か不吉なことが起こるのだろうか?

老人ホーム

渋谷泰志

私がまだ学生だった頃、夕方に友人S君より電話がかかってきた。「俺、今晩のバイトはT老人ホームの警備なんだけど、一人じゃ暇なんで遊びに来ないか」というものだった。怖いから私を誘ってるのだと思ったが、丁度良い暇つぶしだと思い了解したのだ。その老人ホームの入居者たちは皆新館に移動しており、この敷地内にはS君一人だ。私がバイクで乗り付けた時は夜の八時半位だったと思う。九月の半ばというのに少し肌寒い感じだった。真っ暗な建物に一カ所だけ明かりが付いている部屋が見えた。「あそこだなぁ」

事務所のドアをノックした。中では彼が暇そうに漫画本を読んでいた。私が来るなり「なぁ、後で館内の見回り付き添って欲しいんだけど」と。何か面白そうなのでOKした。時計の針は夜十一時を少し回った頃だった。「さぁ行こかぁ」と、彼が言ったので、私は事務所のキャスターの付いた椅子に座って、彼に後ろから乳母車の様に押すよう命じた。キュルキュルとキャスターの音が真っ暗な廊下に響いた。二人で各部屋を点検、私は探検って感じでわくわくしていた。

まずは事務棟から真っ暗な長い廊下を渡ると、すぐ右側の部屋からガサガサ！　と音がした。そこは厨房と表記されていた　ゆっくり扉を開けて中を懐中電灯で照らした。すると六十畳程の床一面に黒い不気味な物がうごめいていた。それは数え切れない程のゴキブリがうようよしていた。実に気持ちの悪い光景。うわぁなにこれぇ！　と言って扉をしめた。

さらに廊下を突き進んだ所で段差が有ったので、そこで椅子を乗り捨てた。私は彼に「おい、老人ホームなんやから霊安室ぐらい有るやろ」と問いかけた。やがて、期待どおり霊安室と書かれた部屋が目の前に現れた　ゆっくりと扉を開けて中を点検する。お化けとでも遭遇するかと期待したが、特に変わった様子も無い。私は「何や普通の部屋やんけぇ」と、捨て台詞。次は隣の棟の点検だ、渡り廊下を歩いたところで小さな三段程の階段を上がり立てやの扉を開けた。その開けた瞬間、何かがそこに居た。ぱたぱた　かさかさっ！　と一瞬「ドキッ！」とした。

廊下の奥に懐中電灯の光を当てると走り去る猫が居た。彼は「沢山猫居るみたいやでぇ、ここの年寄り連中が飼い慣らしとったんやぁ」と言った。そしてその猫の後を追うように廊下を歩いて行った。この立て屋には数匹の猫がいるみたい。我々の進入を拒むかの様に走り回って居る感じがした。各部屋を見回り暗く長い廊下を歩いた。しばらくすると奥の部屋からなにやらひそひそと人の声が聞こえてきた。小さくて聞こえにくいが、確かに人の声。一人ぶつぶつと呟いている感じ。さらにその声の聞こえる部屋へと近づいた。「誰か居る」。我々は懐中電灯のスイッチを切った。「お漏らししただけなのに……お漏らししただけなのに……」と、

そぉっと、その声がする部屋をのぞいた。部屋の中は、月明かりにより懐中電灯を消していても何か見えた。そこにはベットに腰掛ける老人の姿、お爺さんの様だ。我々の居る通路側に背を向けてうなだれた様子で「お漏らししただけなのに……」と。ホームの入居者は全員新館に居るはず、この老人は間違い無く百％幽霊だと私は確信した。だが、彼は警備の仕事上そうは思わなかった。認知症の老人が舞い戻ってきたと、その時までは思っていたそうだ。

老人に近づき懐中電灯の光を当て、「ここで何しているんですか?」と問いかけようとした時、光が老人を貫通して向こう側のタイルが見えた。老人は透けていた。彼は腰をぬかさんばかりに慌てふためいて「お化け出たぁ〜!」と言いながら私をおいて逃げ去った。

彼の後を追い、走って逃げた。前方で彼がまた「うわぁ〜！」と言っている、猫が前よりこちらに向かって走って来た。その猫、体は猫だが顔は人の顔をしていた。自分自身恐怖のあまり、その様に見えたのだと思った。

大急ぎで二人で事務所に逃げ帰った。青ざめた顔で「今のお化けやなぁ、幽霊出たなぁ、見たなぁ、それでさっきの猫、人の顔してたなぁ」と彼が震えながら言った。やはり私の錯覚じゃなかった。彼も人の顔だったと、人面猫か？　私も少々恐怖を感じていたが、彼にさらに追い打ちをかけるように言った。「さっきの幽霊、『お漏らししただけなのにぃ』とか言うとったなぁ、多分それが原因で虐待に合って殺されたんやでぇ、ここの職員を恨んでるでぇ、もうすぐしたらあの猫を連れて集団でここまで来るんちゃうか！」と。

しばらく沈黙が続いた。時計の針は一時を回った頃、私は「俺帰るでぇ」と言った。彼は、頼むから朝まで一緒に居てくれと泣きそうな顔で訴え、かなりびびっている様子。仕方なしに了解した。

いや、了解したかの様に見せかけ、私は「ちょっとトイレ行くわ」と言って外に出た。「俺も行く」と彼。「うっとうしい付いて来るなぁ」と言い、また事務所にもどった。やがてどの位の時間が過ぎたか、彼がうつらうつらとしだした。物音立てずにゆっくりと立ち上がりそおっと外に出た。自分のバイクにまたがり急いでエンジンをかけた。その音に気づいたのか彼が慌てて事務所から飛び出して来る様子が見えたが、時すでに遅し。彼を一人残して帰ったのである。彼が玄関口で「この裏切り者！」の怒鳴り声が夜空にこだました

S君には、この夜十分過ぎる程の恐怖をプレゼントしてやった。

一人、、多い

島田秀平

心霊スポットには、なぜトンネルが多いのか。

それはトンネルの構造が関係しているのではないかという説がある。

トンネルは構造上真ん中に一番圧力がかかるため、真ん中が一番細く、外側にいくに従って太くなっていると言われている。

入り口と出口が一番太くて中が一番細い、この構造が色々なものを中に引き寄せてしまっているのではないかと言われているのだ。

これはある有名な心霊スポットのトンネルで起きた出来事だという。

有名な場所のため、夏になると若い男女が何人も肝試しにくるのだが、このトンネルには一つのルールがあった。

このトンネルに車で行って通過する分には問題ないのだが、トンネル内をすべて歩ききってはいけないと言われているのだ。なんでもこのトンネルを歩いて渡り切ると呪われてしまうのだという。

この日も噂を聞きつけて、ある四人の若い男女のグループが肝試しで訪れることになった。

グループは、男の子三人女の子一人という構成だった。

「何かあるかもしれないからさ、行ってみようよ」

「でさ、どうせだったら何か起こってほしいから、トンネルの中を歩いていってみようぜ」

男の子たちは乗り気だったが、

「やめたほうがいいよ」

女の子は霊感が強く、悪乗りする男の子たちを止めようとした。しかし男の子たちの勢いは止まらず、結局トンネルの前で車から降りて歩いて行くことになったという。

中に入ると湿気が多く、息もできない程だった。トンネルの壁には流れ落ちた水滴のシミで、いたるところに人の顔のような跡ができていた。

「うわぁああ、気持ち悪いなぁ」

「やっぱり、なんか出そうだな」

そう男の子たちは口々に言っていたが、霊感が強い女の子は、トンネルに足を踏み入れるなり体をブルブルと震わせはじめた。

「やばい、ここやばいから出ようよ……絶対やばい」

「そんな、大丈夫だよ。行こうよ」

だが男の子たちは取り合わず、どんどん女の子を奥へ引き連れていった。奥に進む度に女の子の顔色はどんどん悪くなり、トンネルの真ん中に辿り着いた時には
「もう無理、やばいこれ以上進めない……！」

そう言って座り込んでしまった。

「どうすんだよ、せっかく来たのに」

「あと少しだよ、行こうよ」

男の子たちが口々に言うも、女の子は「無理無理無理、絶対無理」と繰り返して、どうしても立ち上がらない。

そこで男の子たちも根負けして、三人でじゃんけんをして負けた一人がこの場で女の子に付き添い、勝った二人がトンネルの奥まで行くことにした。

そして、へたり込んでしまった女の子と付き添いの男の子一人を残して、二人の男の子はどんどんトンネルの奥へと足を踏み入れていったそうだ。

「気持ち悪いよなぁ」

「何か起きそうだよな」

口々に言いながら、二人は奥へ進んでいく。

そしてトンネルの最後尾、あと一歩でトンネルから出るというところで、二人は足を止めた。

「ここで、このまま出ちゃったら呪われるんだよなぁ」

「これ、出ちゃいけないんだよ」

トンネルの噂を思い出し、思わず立ち止まる二人。二人の前には、夜の闇へと続く道路が伸びている。

だが、どうせここまで来たのだ。

「……行ってみる？」

男の子二人は互いに顔を見合わせ、一つ頷くと、

「せーの」

思い切って一緒にトンネルの外へ、一歩出た。

……。

「……どうだ、何かあるか？」

「……いいや」

「……だよなぁ」

「やっぱり噂だよな、そんな何か起こるとか、呪われるとかって迷信だったんだよな」

「何にもないじゃん。帰ろうぜ。二人も待ってるし」

そう言って、二人の男の子はトンネルを引き返すことにした。

さっきまで歩いてきた道を戻って行くと、やがてトンネルの中で待っていた男の子と女

の子の姿が見えてきた。そこで二人もほっとして、

「おーい」

「何も無かったぞー」

そう言って手を振りながら、待っていた二人に呼びかけた。

だが、男の子達がそう言った瞬間、待っていた二人は大声で悲鳴をあげながら、その場から逃げ出してしまった。

「おい！　なんだよ、何してんだよ！」

「ちょっ、何逃げてんだよ！　待てよ！」

男の子二人が慌てて追いかけても、二人はまったく立ち止まろうとしない。そればかりか、後の二人を置いていく勢いで走るスピードをどんどん上げていき、更にはトンネルの前に停めていた車に乗り込んで走りだそうとしたのである。

「おいおいおい、何してんだ！」

「待てって、止まれ！」

このままでは心霊スポットに置き去りにされてしまう。二人の男の子は慌てて追いつき、車の窓にしがみついた。そうすると逃げ出した二人も落ち着いたのか車を停め、男の子たちを乗せてくれた。

「お前ら、なんで俺らを置いていこうとしたんだよ？」

訳も分からず置いて行かれそうになった男の子たちが聞くと、二人は震えながらこう言った。

「だってお前ら行きは二人だったのに、トンネルの奥から帰ってきた時は三人になってたんだ！」

そう、二人はそこにいないはずの「もう一人」を連れて帰ってきていたのだ。


これは大変なことになったと、全員ですぐに山を降りることにした。

山道に出て少し行くとガソリンスタンドがあったため、ひとまず車をそこに寄せた。

「いらっしゃいませー」

店員に呼びかけられ、ようやく彼らは人心地ついた気分になったという。

彼らは人数分の飲み物を注文し、車にガソリンを入れてもらうことにした。

すると、車の窓を拭いていた店員が「すみません、ちょっとこれ見てもらえますか？」と不安げな様子で呼んできた。

何だろう、と思って車に寄ってみると、後ろの窓ガラスに無数の手形がベタベタと着いていた。

きっとあのトンネルにいた「何か」がついてきてしまったのだろう。一歩間違えたら危ないところだったはずだ。

その考えに至った彼らは、

「いや、もう気持ち悪いんで、早く全部拭き取ってください」

そうガソリンスタンドの店員に頼み込んだ。だが、少ししてからまた店員が戻ってきた。

「どうしたんですか？」

「いやあの、車の窓を拭いているんですけれど……どうしても一つだけ消えないんです」

「えっ、何ですかそれ？……勘弁して下さい、気持ち悪いです」

「いや、よく見てくださいよ」

店員に促されて全員が窓を見る。確かに、そこにはぽつんと一つ手形が残っていた。

「だってこれ、外側ではなくて内側からついてるんですよ」

そう、霊は車の外だけではなく、中に乗り込んで一緒に来てしまっていたのだ。

全員は改めて、店員が出してくれた飲み物の方を振り返った。

そこには一人分多い、五人分の飲み物が置いてあったという。

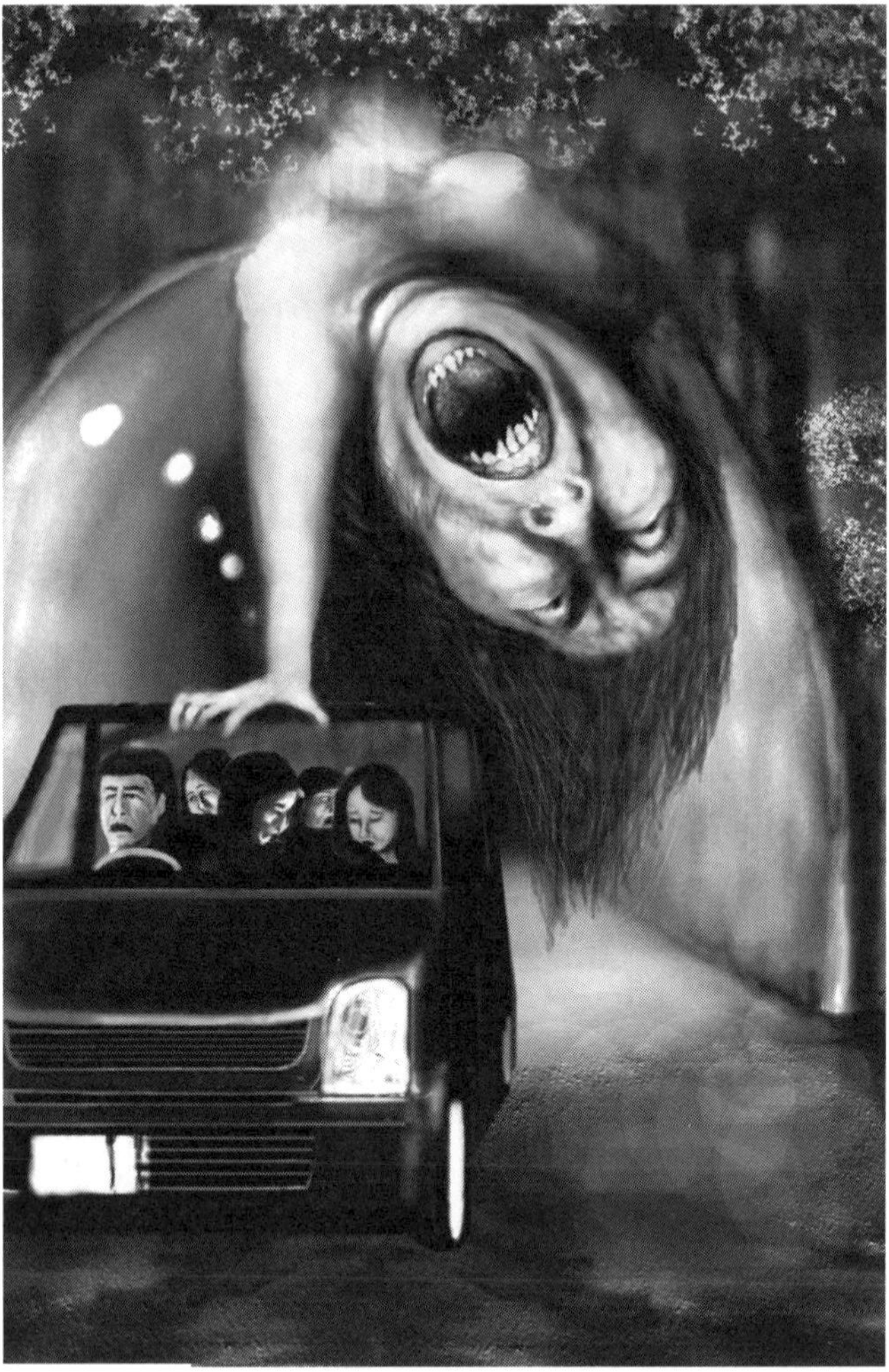

南側の温泉

竹内義和

今から十年近く前、Aくんは高校を卒業した春に親友のKと二人で旅行をした。これは、その時の話である。二人の目的地は南紀（和歌山県南部）の○島旅館。洞窟を利用した大温泉と季節の料理が自慢で、卒業旅行にはうってつけの場所だった。離れ小島に建てられた旅館の造りも、丘陵を利用した独特のものとして知られていた。都会の高級ホテルに負けない格調高い風格と佇まいは地元の人のみならず、遠くは鹿児島辺りからも温泉マニアが訪れてくる名所になっていた。Aくんたちは和歌山市内に住んでいたが、○島旅館は初めてだった。というのも、同じ和歌山とはいえ、南紀までは急行で数時間はかかる場所だったのだ。大阪には一時間で行けるのだが。○島旅館の近くには瀞峡とか那智の滝とかの観光スポットもあって、Aくんたちは卒業旅行を存分に楽しみ、○島旅館に向かう頃には夜の七時を回っていた。離れ小島には遊覧船を利用するのだが、一時間に三往復ほど運航しているものの夜になるとその数は激減する。三十分ほど待って、Aくんたちが乗ったのは最終の便だった。そのためか、同船していたのは若いカップルが数組だけだった。那智の滝の清冽さや瀞峡《どろきょう》の雄壮な景色に圧倒された二人は船内でもその話に夢中になっていた。

およそ十五分で島に着くと、辺りは真っ暗で、桟橋の街灯がぼんやりと光っていた。そこからは一本道で○島旅館の玄関に直通だった。ものの数分で旅館に到着すると和装の中居さんが迎えてくれた。案内された部屋は最上階の南側で、窓からは太平洋が一望出来た。多分、昼間なら圧倒されるほどの景観だったろう。和室の畳は張り替えたばかりで、青々しい薫りが部屋中に漂っていた。本来だったら窓から見える夜の海を楽しみ、子供のような冒険心で旅館の中を探索するのだが、昼間にはしゃぎ過ぎたつけが部屋に入った途端、全身にまわってきたのだろう、AくんもKも疲れたように畳の上に横たわってしまった。いつの間にかぐっすりと寝ていたようで、Aくんが目を覚ますと、身体には毛布がかけられており、お膳の上にメモが書いた紙が置かれていた。そこには、「起きられましたら、いつでも夕食の用意をさせてもらいますのでフロントまでお声がけを」と記されていた。Aくんは傍らで寝息をたてているKを起こすと温泉に誘った。ひと風呂浴びて、ゆっくり食事と思ったのである。名物の洞窟温泉には直通のエレベーターがあると聞いていた。二人は浴衣に着替えると廊下へと出た。案内板もなく適当に歩いたが、どこにもエレベーターがない。十数分くらいさ迷ったあげく、やっとの思いで非常階段近くにある古いエレベーターを発見した。一刻も早く疲れた身体をお湯に浸したい。それもあって、なんの疑いもなくそのエレベーターに乗った。○島旅館の美しい外観や豪華な内装に似つかわしくない押しボタンタイプの古いエレベーターだった。地下二階のボタンを押すと、かなりの軋

み音をたててボックスが下降を始めた。その時、

「あれ？」

Kが思わず声を出した。Aくんも眉をひそめてKを見た。そう、エレベーターの中が焦げ臭いのだ。

「なんか燃えてない？」

Aくんはボックスの中に目をやったが、火種になるものはなくタバコの焦げ跡すらなかった。地下二階に着くと、途端に景色が変わった。全体が灰色で、なんの装飾もない空間が広がっていた。地上階は、あんなにカラフルで綺麗だったのに、地下は自動車工場みたいに殺風景なのだ。エレベーターを降り、薄暗い廊下に出ると、海の底のような、どよんとした空気が辺りに充満していた。実際、海に近いからだろうか、腐った藻の匂いが二人の鼻をついた。暗がりから潮の匂いもしてくる。おそらく、洞窟はこの奥にある。そう思って歩いて行くと、剥き出しの岩場に出た。壁も天井もゴツゴツとした岩だった。見かけは確かに洞窟である。風が吹き込んで、潮の薫りが漂う。夜だからわからないのだろうが、洞窟の先には海が広がっているはずだ。灯りといえば、天井に幾つかの蛍光灯が嵌《は》め込まれていたが、夜の闇を吹き払う力はなかった。湯船と言うより、地面をくりぬいただけの浴槽に湯が満ちていて、それが海へと繋がっている。Aくんが浴衣を脱ごうとした時、

「誰かいるよ」

Kが言った。ハッとしてAくんが目を凝らすと、彼の言うとおり、いくつかの人影が見えた。白い裸身が向こうの方で揺らめいている。Aくんはゴクリと喉を鳴らした。若い女性だった。数人の裸の女性がこちらに近づいてくる。ここはどうやら混浴らしい。洞窟の温泉ということもあって、女性たちは前を隠すこともなくお湯を掛け合ったりしてはしゃいでいる。豊満な胸や股間の陰毛も見受けられた。AくんもKも高校を卒業したばかりの青年だった。自然現象で前が膨らんできた。二人して前を押さえながらモジモジしていると、女性がこちらに顔を向けた。見つかったようだ。彼女たちは驚いた表情でこっちを凝視している。まさか男性が入ってくるとは思っていなかったのかもしれない。Aくんは、叱られるのを覚悟した。

「君たち、高校生？　お姉さんたちと一緒に温泉に入ろうよ」

真ん中のお姉さんはそう言うとAくんの手をとった。柔らかな指がAくんの指に絡んできた。真っ白な乳房がプルルンと揺れた。Aくんは、恥ずかしくなってその手を振り払おうとした。

「うぶなのね」

女性は、そう言って笑った。つられて他の女性たちも笑った。その笑い声が洞窟内にこだました。KがAくんの浴衣の袖を引っ張った。

「出よう！」

Kの顔が青ざめていた。

「この人たち、おかしい」Kに言われるまでもなく、Aくんも女性の異様さに気付き始めていた。真っ白に見えた女性の肌が、いつの間にか赤く爛《ただ》れていたのだ。顔の辺りが水膨れみたいに腫れ上がってもいる。肌の変貌だけではない。数人と思っていた裸の女性たちは、湯の中から湧いてくるようにその数を増していった。その数、二十人ほどか。しかも、全ての女性の肌は赤く爛れていた。彼女たちは両手を前に伸ばしてユラユラと近づいてくる。Aくんは踵を返そうとするが、思うように身体が動かない。彼女たちはAくんたちを取り囲むように輪になっていた。彼女たちの爛れた手が四方八方からAくんに迫った。焦げ臭い匂いが辺りに充満した。呼吸困難になり意識が遠退いた。

気がつくと、AくんとKは最上階の部屋の中いた。あの地下の洞窟からどうやってここに戻ったのだろう？　あの女性たちは一体何なんだったのだろう？　AくんとKは互いに目を見交わした。

あの女性たちは？

あれは夢だったのか？

二人の目は、そう語っていた。そんな時、中居さんが、海の幸を盛り付けた大皿を抱えて部屋に入ってきた。

「お待ちどうさま」

三十歳を越えたくらいの上品で美しい女性だった。Aくんは地下の洞窟温泉について聞いてみた。ひょっとして、あの温泉は過去に何かあったのかもしれないと思ったのだ。

「さっき、南側の地下の洞窟温泉に行ったんですけども」

そう言うと、中居さんは怪訝な表情で、

「南側？　北側ではなくて？　何かの間違いでは？　あそこは、もう長い間、使ってないんですよ。入口も釘付けされてたでしょ？」

Aくんは、

「使われてない？　そんなバカな。僕たち、今、そこに入ってきたんですよ。そこで、たくさんの女性に囲まれて……」

「え？　あの温泉の中に入ったんですか？　マジですか？」

中居さんは、うーんと唸ると声を潜めて、

「ここだけの話ですよ。他言は無用だから……」

そう言うと、こんな話を始めたのである。

その昔、○島旅館には二つの温泉があった。北側にあるメインの洞窟大温泉と、南側にあるサブの温泉である。サブと言っても、メインよりは小さいだけで洞窟を利用してることには変わりなく、主に混浴として利用されていた。

「カップルにはメインの大温泉より人気があったのよ」

それが使用禁止になったのは、今から数年前だったという。ボイラー室からボヤが発生して、消火に手間取ってるうちに燃料部屋に類焼して、部屋の戸を開けた途端に洞窟内が炎に包まれてしまった。その時、温泉には看護専門学校の若い生徒の団体が入浴していたため、およそ二十数名も女性が焼死してしまったという。

「若くて綺麗な女の子ばかりが犠牲になってね。ほんと可哀想だった」

その後、数ヶ月の営業禁止処置が行われ、南側の温泉は使用禁止になった。

「だからね、南側のエレベーターは動かないし、温泉の入口は封印されたままなのよ」

中居さんは、そう言ってAくんたちを見た。Aくんは、中居さんの手を握って、指に力を込めた。

「でも、僕たち、その温泉に入ったんです。こうして手を握られたんです」

「だとしたら、僕たちが会ったのは、そこで焼け死んだ女性だったんですか？」

そう言うと、中居さんは静かに笑った。

「そうかもしれないわね。実は私もその中の一人なのよ」

言うなり、中居さんの顔は赤く水膨れになり、指先が火傷跡のように爛れた。その瞬間、部屋の灯りが消えた……。

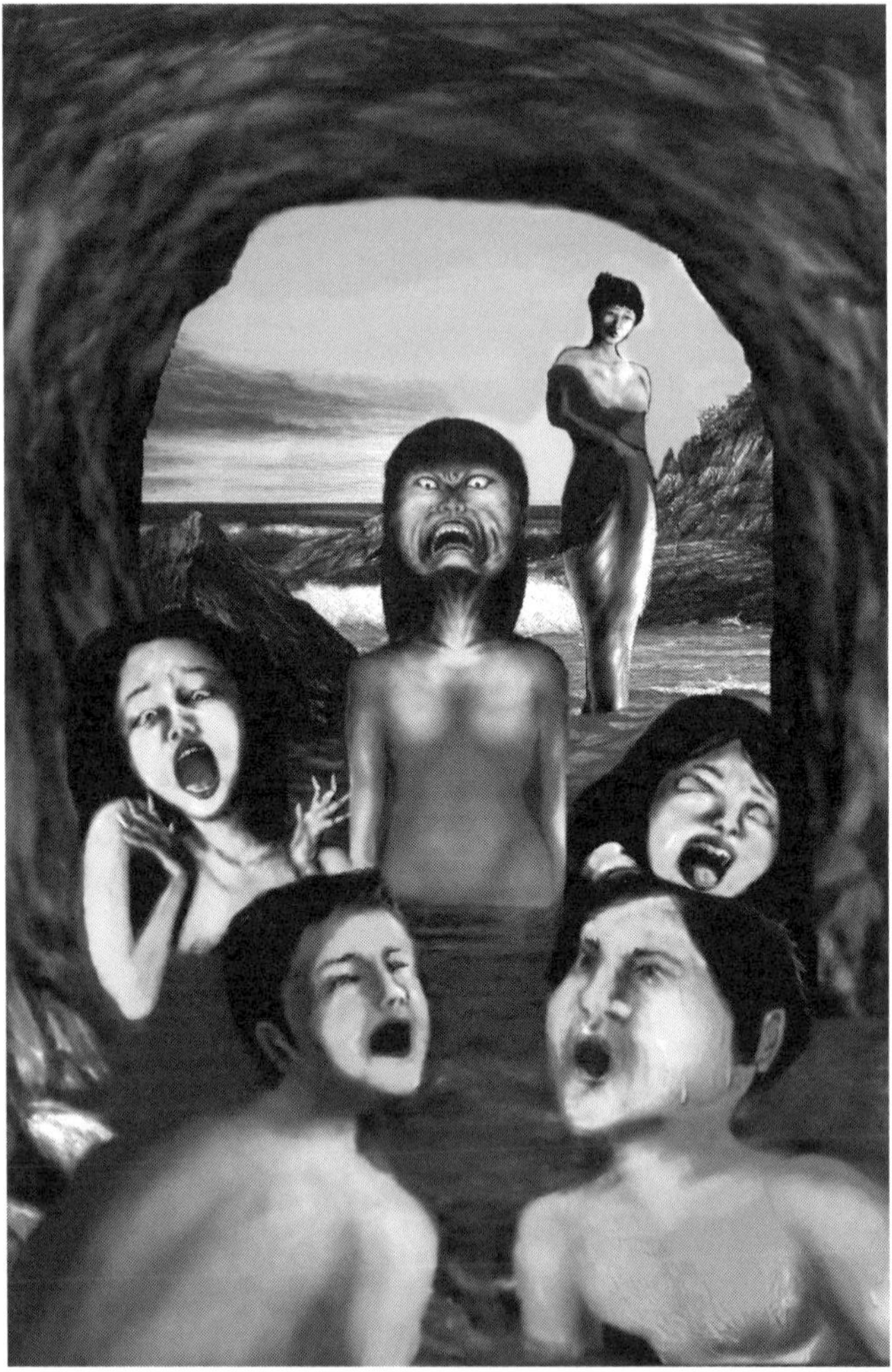

生き埋め

田中俊行

高知県に遊びに行った時の話である。

友人のH君と市街地で夜遅くまで遊び、その後H君の運転で高知市内にある彼の家に行くことになった。

家は市街地から少し離れており、暗い山道を抜けていかなければならない。

三十分ほど進んだあたりで「この道、夜中は行きたくないな〜」そういってH君はUターンをした。

わざわざ時間をかけて帰ることになった。

不思議に思って僕はH君に理由を聞いた。

H君は建設会社で働く下請けの職人さんで、主に二人一班で土砂をダンプで運ぶ仕事をしていた。

半年程前、山間部の対向一車線（かなり狭い）の道を走って、道沿いに土砂を下すという作業をしていた。

作業中、同僚の職人さんが車から降りてダンプを誘導中、土砂に生き埋めになってしまった。

掘り起こした時にはすでに亡くなっていた。

生き埋め状態だったので、亡くなった時の顔は苦しいような辛いような顔だった。

事故から数ヶ月後、ダンプの運転をしていたH君が夜中に移動する用事があり、事故のあった市道を走る事となった。

「なんとなく嫌だな」と思っていたが、「嫌だな」と思う事自体亡くなった同僚に申し訳ないと思い、気にせず事故のあった場所まで車を走らせた。

H君が、ふと前を見ると前方から車のヘッドライトが見えた。

対向出来ない道なので車を停車して待っていると、前方の車も止まってしまい、こちらに来ない様子だった。

クラクションで合図するが反応もないので「来ないようだったら、こっちから進んでみるか」とアクセルを踏んだ瞬間、急に対向車のヘッドライトが動き出し、慌てて車を止めた。

よく見ると、ヘッドライトの光とは若干違う事に気付いた。

なんだ？　と思っていると、その光は凄いスピードで渦を巻きながらこちらへ向かってきてフロントガラスにバーン！　とぶつかった。

H君はとっさに目を瞑った、しかし目を開けた瞬間、腰を抜かしそうになった。

フロントガラスには亡くなったときの同僚の顔が、ガラス一杯に引き伸ばされて張り付いていた。

数秒後、消えた……。

それ以来、K君はできるだけその道を通らないようにしていると教えてくれた。

現場で起こる不思議な出来事

徳丸新作

役者という仕事は、役を通して色んな体験ができる。またロケ等で色んな土地に行くこともある。

そんな僕が経験した、お話の一部をお聞き頂こう。

あれは数年前に、ある有名な漫画の実写版映画の撮影のために、鳥取に一週間程行かせて頂いた時の事だ。それは鳥取城跡のすぐ近くにある洋館での撮影だった。

時代劇等で立ち回りを多く演じる僕は歴史が好きで、各地で起こった歴史的背景を意識してしまう時がある。ご存知の方は少ないかもしれないが、鳥取城でも戦国時代に惨劇があった。

織田信長の命で豊臣秀吉は『鳥取の渇え殺し（兵糧攻め）』を行い、千人が飢えで亡くなったという悲惨な戦いがあった場所なのだ。

戦力である馬を食べ、最期の方は人が人を食うほどの、地獄のような惨状が起こった土地なのだ。

日本各地に色んな歴史があり、苦しみや恨みが根付いている地はあるだろうが、それを感じ取ってしまうか否かは、その日の体力や精神力にも大きく関わる。この時の撮影現場はかなりハードであったが、それが直接的に関係しているのかは定かではない。

毎日夜八時三十分から衣装に着替え、ヨゴシ（関西ではきな粉・関東ではコーヒーを使い衣装を汚す芝居に使われる演出）をして、撮影が夜十時～早朝六時頃まで続いた。殺陣アクションの浪士役を演じ、昼夜逆転の生活に付け加え、違う現場も抱えていて、悪役の親分役を昼間は撮影していた。

一日に役を入れ替え、アクションをして、役者としては大変喜ばしい悲鳴ではあるが、毎日クタクタになりながら、鳥取駅近くのホテルに仮眠を取りに帰るという生活だった。

映画のロケではよくある話だが、出演者も撮影関係者も大変な状況で、いつも、まどろむように寝てしまう日々だった。この日も、いつもと変わりなくベッドに倒れこんで寝ていた。

すると、ドアを開く音がした気がして、目を覚ました。

かすかに人の足音が聞こえる。

恐らく隣の部屋の助監督であろう。ただの人の足音だ。そう思ってもう一度、眠りにつこうとした瞬間だった。


パタパタパタパタパタパタ！　パタパタパタパタパタパタ！


今度は、さっきよりも確実に大きな音で聞こえた。

まるで、自分の部屋を誰かが歩いているような、近くで感じる足音だった。

しかし、僕はとにかく疲れがひどくて目を開けることが出来なかった。

その足音はどんどん近くなっていく。最後は耳元で聞こえているような錯覚を起こす。

それでも、僕は目を開ける体力がなかった。

すると、フッと音が止まった。

「あ～良かった　止まったわ。これで静かに寝られる……」

すると次にはシャワーの音が聞こえだした。

「自分もシャワーしとけば良かったなぁ　汗でも流してたら良かったなぁ！　でも、シンドいしなぁ……」

ジャージャージャー

「しかしシャワーの音、近すぎるよなぁ？　僕の部屋のシャワーか？」

まさかそんなことがあるはずもないが、重い体を無理やりベッドから引きはがして、それより重い足で浴室に近づく。すると、キュッ　キュッとシャワーを止める音が聞こえた。

そーっとドアを開けてみると、やはり誰もいなかった。

「良かった！　やっぱり寝ぼけてたんやな！　誰もおれへんな」

しかし、視線を下すと、浴室は濡れていた。

「アカンわ～！　昼も夜も仕事して　もう　最近セリフも覚えられへんし、自分のやった事もひょっとして忘れてんかもしれんなぁ？」

ちょっと落ち着こうと思い直し、コーヒーでも飲もうと冷蔵庫から、缶コーヒーをだして飲み干し、ひと息ついて物思いにふけった。

「こんなんじゃアカンなぁ～」と思いながら、ベットに座ったまま深くため息をつく。

皆さんは、人がベットに座った時の人間の重みで沈む感じが分かるだろうか？

そのズシンと重い感じが、次の瞬間にいきなり僕の背中にのしかかってきたのだ。

不思議な感覚なのだが「何やろう?」と、ジーっと耳を澄まして聞いていると、何か聞こえる。

「うん　うんうん!　うん　うんうん!」と誰かが話している声。勿論《もちろん》部屋には誰もいない。明らかにおかしい。心臓がドキッ!!　と音を立てた。

その瞬間「おい!　こっちを見よ!」と言う声が聞こえ、もう一度さっきよりドキッと僕はの心臓は踊った。

なぜなら、その声そのセリフは、僕の声で僕のセリフなのだ。

「あ〜!!」と思って後ろを振り向くが、勿論誰もいない。それから少しの間、寝られずに過ごすことになった。

しかし、そんな不可解な事が起こっても、僕は二時間の仮眠をとりホテルを出発したのだった。

今考えると、あれは何だったのか?

次の話に移る。

僕の後輩の話だが、目が覚めたら下に人が寝ていた。

あまりに驚いて、状況が呑み込めずにいると、何故か上から下を見ている自分に気づく。

自分が誰かを見下ろしている、寝ている人の顔を見ると、初めは真っ白い顔をしていて、目も鼻も口も無かった。まさにのっぺらぼうだ。

もう一度目をこすってみたら、段々と鼻の穴が開いてきて、口の穴が開いてきて、自分が寝ていた。

「俺は帰る！　俺は帰る！」と叫んだら、目が覚めたそうだ。

これを、所謂《いわゆる》金縛りと言うのか解らないが、僕はその話を聞いた時に、あのパタパタパタパタパタって音が聞こえた時、疲れていただけではなく、身体が動かなくて目も開けられなかった。それも一種の金縛りだったのではないのかと感じるのだ。


よく映画や舞台、怪談イベントで、関係者が体調不良・入院、機械・カメラの不調など怪奇現象が起こることがある。そんな話をもう一つご紹介しよう。

こちらも数年前の話だが、ある映画館で怖い話のプレゼンターとしていた時の事だ。

その日は天気が悪い訳でもないのに、何故か客入りがとても悪く、今思えば不思議な感じだった。

時間になるとお客が少ないながらも開始され、二十一時四十五分の回は、お客がいないホールに出て、先輩怪談師の語りを聞くことになった。すると……。

ガチャガチャガチャガチャガチャガチャ　ガチャガチャガチャガチャガチャガチャ
奥の扉を開けようとする音が聞こえた。

「お客様が来たんかなぁ？」と思って、その先輩怪談師もステージから降りてきて、怪談を中断した。

キャッシャーの方から「いらっしゃいませ～」という、ホールスタッフの声は聞こえたが、またすぐに「あれ～？　おかしいなぁ」という不思議そうなホールスタッフの声が聞こえてきた。

不思議に思い「どうしたんですか？」と、僕と先輩怪談師がホールからキャッシャーの方に出ていくと、そのスタッフがホールの入り口の扉を開けた状態でキョトンとしていた。

「ねえ　徳丸さん！　今お客さん来ましたよね？」と聞いてくる。

キャッシャーの目の前が入口なのだ。お客が来たかどうかは、誰よりも、そのホールスタッフの方が知っているはずなのに、変な事を聞くなあと思った。

「ええ！　僕、今、扉がガチャガチャする音が聞こえたから、お客さんが来たと思ってホールから出てきたんですけど……お客さん来てないんですか？」と、僕は答える。

「イヤイヤイヤイヤ！　ガチャガチャガチャガチャではなくて、扉とかではなくって！　女の人の声で怖い～!!　って、ハッキリ聞こえましたよ」とホールスタッフが声をかけてきた。

スタッフは納得のいかない顔をしながら扉を指した。僕には「怖い！」という言葉はおろか、女の人の声を少しも聞いていない。

「ちょっと　ちょっと!!　待ってくださいよ！　女の人の声なんて聞こえてませんよ！　扉をガチャガチャガチャガチャと開く音だけですよ」と僕は言った。

「徳丸さん、何言うてはんの？　扉の音じゃなくって女の人がハッキリと怖い～!!　って言うてましたやん」

スタッフと僕が言い合いをしていると、しばらくして、今まで黙っていた先輩怪談師が口を開いた。

「あのさぁ　女の声なんて俺も聞いてへんわ」と奇妙な面持ちで言った。

「ほら！　先輩も女の声、聞いてへんて言ってるやないか！」と、僕は勝ち誇りながら応対したが、先輩怪談師がポツリと奇妙なことを言い出した。

「でも俺、徳丸が言うてるような扉をガチャガチャするような音も聞いてないねん」と。


それを聞いた瞬間、僕は背中に冷たいモノが走った！


奇妙な沈黙の中、先輩の言葉を待っていると
「俺が聞いたんは、女の声でもなく、扉をガチャガチャする音でもなく、扉をドン！　ドン！　ドン！　と強く叩く音や！」と先輩怪談師が言った。

同じ場所に同じようにいたにも関わらず、僕を含めた三人は全く違う音を聞いていたのだ。

何も言えずに、その場所に立ちすくんでいると『どうしました～？』と、照明のスタッフが走り寄ってきた。

「あのさぁ君には、何か変な音聞こえへんかった？」

恐怖心は多少あったが、なるべく自然体を装って聞いてみる。

「私はブースにいたんで、何も聞こえなかったです」と照明スタッフは答えた。

確かにブースにいると、ある程度の音は遮断されてしまう。

「あ！　それよりも私、トイレに行ってきますね」と照明スタッフは何事もなかったようにトイレに走っていったのだが、トイレの前で立ちすくんでいた。

「あれ～？　トイレにカギ掛かってますよ！」と彼女は困り果ててこっちを振り返った。

「えっ！　カギが掛かってるって、どういうことや！」と僕は叫び、トイレの前に立った。

僕も先輩もホールスタッフも確認したが、確かにカギが掛かっている。

お客様も居ない、来てもいない。今いるのはスタッフ含めた四名だけのはずなのに何故だ？

ホールスタッフがトイレに向かって『誰か入ってますか～？』と声をかけ、ドアをノックした。

しかし反応はない。

「じゃあ、ここには誰も居ないってことや！　強制的に開けましょう！」

ホールスタッフが言った。


僕が工具を取り出して、外からゆっくりとドアを開けて四人でおそるおそるトイレを確認すると、やはり、誰も居なかった。

特殊加工により真っ赤に染められている扉と、扉をあけた正面の壁に取り付けられた棚と、蝋で出来た髪の長い女の子の人形置いてあるトイレの個室だ。

「なんや！　やっぱり誰もおらへんやん！」

安心して他の三人の顔を見ると、三人共、目を見開いてトイレの中を凝視していた。

その瞬間だった。

「ぎゃーっ！」と悲鳴が上がり、「……どうしたん？」と僕が声をかけても、下を向いたまま震えていて、何に対して悲鳴をあげたか分からずにいると、ホールスタッフが震える手でトイレの中を指さして言った。

「なぁ　あれ何？」と。

その先には、先ほど確認した髪の長い女の子の人形の顔があった。

その人形の髪の毛が重力に反し、全て逆立っていたのだ。

「あれ、どういうことですか？」自分の声が震えているのが解った。

「とりあえず、髪の毛を元に戻さんと」

恐る恐る、全員でトイレに入り、人形に手を伸ばした瞬間だった。

「バサー」

と、逆立っていた髪の毛が突然、全て落ちたのだ。

その現象に驚いているとバタバタバタバタバタ！　バタバタバタバタバタ！　と、館内を走り回るような音と共に「あ～はっは！　あ～はっはっは！」と女の子の笑い声が響き渡った。

「わ～っ！」

四人全員で、その場にうずくまる。もう、誰も何もできなかった。

ギィ～バタン！　ギー　バタン!!

扉を威勢よく開け放つような音が館内に響き、何かが外に出ていった。

そのあと、館内の入り口に荒らされた痕跡は無かった。

しかし、この出来事をきっかけに、館内の内装を一般的なものへと変更し、人形など魂が宿るようなものは撤去することになった。

その後、少なくとも僕が行った時は怪奇現象に遭遇したことはない。

殺される日

はやせやすひろ（都市ボーイズ）

「早瀬くん。心霊とか好きだったよね？」

それは上京して以来、お世話になっていたライターAさんからの急な電話だった。

「はい、好きですけど……」

質問の意味が理解出来なかった私は気の抜けた返事をした。

「そうだよね！　じゃあ頼みたい仕事があるんだけど」

質問の答えなど別に何でも良かったらしい。Aさんは矢継ぎ早に仕事の話へと話題を移した。

「あのね……」

Aさんが私に依頼したい仕事とは次のようなものだった。

Aさんが担当する雑誌で夏に向けて心霊特集を組みたい。そしてその企画とは、数名の霊能者に一人の前世を別々に占わせ、一致している鑑定が複数あれば、その結果は信じるに値する結果ではないか？というもの。私に頼みたい仕事とは、霊能者の選定と占われる対象者になって欲しいというものだった。

「やらせて下さい」

私は二つ返事でその仕事を引き受けた。その理由は金欠で財布の中身が寂しかったという下らない理由だった。

早速次の日から霊能者の選定へ取り掛かった。この霊能者の選定というブロックを簡単に考えていた私は、「○○の母」や「神に選ばれた子」のような胡散臭いワードをインターネットで調べ、その網に引っかかった、これまた胡散臭い霊能者に片っ端から連絡すれば良いだろう。くらいに事を考えていた。しかしこれが思いの外上手く行かなかった。というのも「別の霊能者と鑑定結果を見比べたい」という、完全に彼らの業界を馬鹿にした企画に手を挙げる奇特な者などいなかったのだ。

私は早くも音を上げてしまい、Aさんに助けを求めた。

「この企画は霊能者を馬鹿にしてる！　って怒られちゃいましたよ」

「早瀬くん、そりゃダメだよ。仕事は愛と足を使ってナンボだよ？」

「愛と足？」

「電話で横着せず、愛を持って足を使い直接対象者に会って話しをする。取材や仕事依頼の鉄則さ」

「でもAさん、僕に仕事を依頼する時はいつも電話ですよね？」

「早瀬くんと僕の間には、すでに愛があるからね！」

Aさんはそんな事を言って一方的に電話を切ってしまった。

「愛と足を使えか……」

そんなAさんの冗談めいたアドバイスが嘘の様に仕事のペースを早めた。


「ありがとうございます！」

「こんな遠い所までわざわざ来て貰ったんだ。このまま返しちゃ悪いからね」

それから一週間、Aさんのアドバイス通り愛を持って足を使うようになってからというもの、会う霊能者会う霊能者に次々と依頼を受けて頂ける様になった。

Aさんのニヤリと笑う得意げな顔が容易に想像出来る。

「あと二、三人だな」

事務所に戻り再び霊能者の検索を始めると、ある霊能者のページがヒットした。

それはS先生と呼ばれる女性霊能者のホームページで、かなり文字数が多いゴテゴテしたページだった。そのページの「感謝の言葉」というリンクをクリックすると「S先生に出会えて人生が変わりました！」や「S先生には感謝しきれません！」という、数十人に渡る方々からのお礼が寄せられていた。

「これは凄い」

私はホームページに記載されたアドレスにメールして、早速S先生と会う約束を取り付けた。

取材当日、家から数時間かけてS先生の事務所の最寄りであるN県O駅で降りると、そこには早くも異様な光景が広がっていた。駅の改札口に揃いの緑の装束を着た三人の女性が合掌をしていたのである。その緑の装束はS先生がホームページで着ていたものと全く同じものだったので、女性たちがお弟子か何かだという事が容易に推測できた。

「もしかしてS先生の……」

「あなたが早瀬さんですね。先生がお待ちです」

彼女たちは私の名前だけ確認すると「早瀬」というパスワードをきっかけに動き出したマシーンかのように合掌を解き、無愛想に私をS先生の事務所へと案内した。

「こちらです」

着いた場所は駅から歩いて十分ほどのマンションの一室だった。

「こちらで靴を預かります」

彼女たちはなぜか私の靴を玄関前で脱がせた。

私の怪訝そうな表情を見たのか、一人の女性が説明を始める。

「事務所は神聖な場所ですので、外部からのけがれは極力入れないようにしています」

履いて来た靴を「穢れ」と言われた事に少しイラっとした私は、

「服も長く洗ってないので穢れていますよ」

と口から出そうになった文句をぐっとこらえた。言ってしまったら服まで剥ぎ取られかねないと思ったからだ。

言う通りに靴を脱ぎ女性に渡すと「どうぞ」と中に入るように勧められた。

扉を開けて中を覗くと、そこには緑一色の異世界が広がっていた。

壁紙、置物、スリッパ全てが緑。正直来た事をひどく後悔した。

「こちらへどうぞ」

奥から聞こえて来た女性の声の方に足を進めると、そこにはホームページで見た通りの姿のS先生が座椅子に腰掛けていた。

S先生は身体こそ細く小さいが、この人には決して逆らってはいけないと思わせる只ならぬ何かを感じた。この人は普通の人間じゃない。怖い。目だ。両方の目玉が怖い。それぞれが意思を持った生き物の様にぎょろぎょろ動くS先生の目玉に私は恐怖を感じていた。

「わざわざありがとうございます。遠かったでしょう?」

「いえいえ、そんな事は……」

私の分かりやすく動揺する反応を見てクスッと笑ったS先生は話を進めた。

「で、ご用件は?　メールで送って頂いた企画書には簡単に目を通しましたけど」

私は吹き出す汗を手のひらで拭いながら「馬鹿にしている訳ではありません」という意味の言葉を節々に入れつつ必死に企画を説明した。ここから無事に帰る事が出来ればもうそれで良い。いつの間にか目的が変わっていた。

「これ面白いわね。良いわ。手を貸してあげる」

「えっ？」

意外な答えに素っ頓狂な声が出た。

「参加してあげるわ」

「ありがとうございます！」

気づかない内に私は腹から声を出していた。

「御宅へ伺えば良い日はいつかしら？」

「七月中頃です！　参加者皆さんのスケジュールが合う日程にさせて頂きますので！」

「七月中頃か……」

S先生の顔が曇った。

「もしかして、先に何かご予定でも入っていましたか？」

「予定っていう訳じゃないんだけど、七月中頃だと参加出来ないわね」

「でしたら、七月末だといかがですか？」

私は食い下がった。ここまで来てタダでは帰れない。ころころ目的が変わるものだ。

「ダメですかね？」

S先生は首を横に振った。

「参加は出来なさそうね。というのも私、七月中旬に殺されてしまうから。

ある日を境に同じ男に殺される夢を何度も見る様になったの。しかも夢の中のその日は決まって七月○日。現実世界でその日に私は殺される」

「夢、殺される、現実世界」私にはその説明の一部すら理解する事が出来ず、S先生が居る景色をただただ眺める事しか出来ないでいた。

「ここまで来て下さったのにごめんなさいね。予定が合えば出られたのに」

事務所から退室し、返してもらった靴を履いて東京へと向かう電車へ乗車した。
二、三駅進んだ先で急に全身に鳥肌が立った。
「夢で見た相手に現実世界で殺されてしまう？　なぜ？」

考え事をしている時に出てしまう「左手で鼻を触る」という癖は家に着いても解ける事はなかった。Aさんにも相談したのだが「怖気付いたんじゃない？　外れたら霊能力がないって気づかれちゃうじゃん」と相手にしてもらえなかった。

時は過ぎて七月中旬、予定通り事務所に数名の霊能者が訪れた。タロット、霊視、水晶、色々な方法で霊能者たちが私の前世を占った。結果だけ言うとボツ。その理由は私の前世が面白いものではなかったというのと、例年通り人気のある心霊写真特集にページを割くという上司の判断の二点。


「あんなに動いたのになぁ」

誰もいない事務所で常備されているアイスをかじりながらダラダラ過ごしていると、そこへ見知らぬ番号から電話がかかって来た。

「もしもし早瀬です。どちら様でしょうか？」

「以前お世話になりました。Sの事務所のものです」

「あぁ、お世話になっております！」

思いもよらぬ相手からの電話に背筋が伸びた。

「いかがしましたか？」

「あの後予定通りS先生が殺されましたので、そのご報告でした。これからは私KがSに代わり代表に選出されましたので、何かご依頼がございましたら……」

「………」

棒にぶら下がったアイスがゆっくり溶けて床に落ちた。

助けを求める女の子

疋田紗也

スピリチュアルアイドルとして活躍している疋田紗也がまだ高校生の頃だ。

疋田は高校生の頃から既に芸能関係の仕事をしていたので、高校が終わってから都内まで出るのが普通であった。そのため、時には終電間近の深夜に帰宅することもあったという。

ある時、東京で仕事を終えて帰った日のことであった。

時間は遅く、すでに夜中の一時を回っていたという。

いつも通りに駅から家まで自転車で帰っていると、ある公園の前にさしかかった。その公園は疋田の家と駅の間にあり、ルート上必ず通ることになっていた。

ちょうどその公園を通りすぎようとした時、公園の中から細い奇妙な音が響いてきた。

きぃ……きぃ……。

ブランコのきしむ音だ。

『こんな時間なのに、誰かいるのかなぁ……』

疋田はそう思って自転車を停めて、ブランコの方を振り返った。

すると、乱れた制服を来ている女の子が、一人でブランコに乗っていることが分かった。

『どうしたんだろう……?』

疋田がそう思っていると、ゆっくりと女の子が顔を上げた。

「あっ!」

思わず疋田は息を呑んだ。

女の子の顔は、ぐちゃぐちゃだった。

目鼻も何もわからない、すべてが崩れて血まみれになった酷いものだった。

明らかに生きている人とは思えない、二目と見られぬ顔。

そして、崩れた顔の女の子は呆然としている疋田の方へ急に振り返った。

『気づかれた!』

疋田がそう思った瞬間、女の子は両腕を使い這うようにして彼女の方向に猛スピードで迫ってきた。

『やだ、ヤバイ!』

疋田はすぐに自転車のハンドルを握りしめ、必死でペダルを漕いで猛ダッシュでその場から離れようとした。振り返ればあの女の子が居るような気がして、後ろは絶対に振り返ることが出来なかったという。

家に帰り、そのまま玄関に飛び込んで後ろ手にドアを閉めた時は、心の底から
「良かった……助かった……」

と思ったのだそうだ。

以降は不思議な事もなく、しばらくは普通に学生業と芸能活動の二足のわらじ生活を送っていた。

だがある日の深夜。

疋田が家でテレビを見ていると、
プルルル……プルルル……。

急に電話の着信音が鳴った。

時間を確認してみると夜中の二時。何か緊急のことでもなければ、普通は電話などしない時間帯である。

こんな時間に誰だろう、と思いつつ、疋田はとりあえず電話に出てみることにした。

「……もしもし、疋田です」

「……」

だが、
電話の相手は答えようとしない。

「も、もしもし？」

「……」

「……もしもし」

「……」

「……あの……イタズラなら切りますよ？」

疋田が、そう受話器に話しかけた時だった。

「……けて」

かすれたような、かすかで小さな声だった。

「え？」

わずかしか聞き取れなかったが、間違いなく女の人の声だったという。

（『けて』？　『けて』って何だろう……？……もういい、気持ち悪い）

疋田はそう思って電話を切った。だが、切った後何となく居心地が悪くなった疋田は、テレビを消して寝ることにした。

自室で布団を被り、さあ寝よう……とした所で、疋田の耳に何者かの声が聞こえた。

「……」

「え？」

疋田が思わず布団から顔を出すと、さっきまで無かった明るい光が暗い部屋の中に灯っている事に気がついた。自分の部屋に設置してあるテレビに、いつの間にか電源が入っていたのだ。

さっき彼女がテレビを見ていたのは一階の部屋であり、彼女が部屋に戻った時はそもそもテレビが点いていなかった。また、点けた覚えも全くなかった。

疋田は首をかしげながらも、ひとまず消そうとテレビに近づいて主電源のボタンを押した。

画面は一瞬で暗くなった。だが、その画面からにじむように何かが浮き出てきた。

「あっ！」

テレビに大写しになったのは、以前公園で見た顔がめちゃめちゃに崩れた女の子だったのだ。

目もない、鼻もない、口も穴のようになっているのが、かろうじて分かる程度。

そんな女の子は、疋田の方に顔を近づけると、口を動かして細い声で言った。


「……たすけて……」


少なくとも、女の子は驚かそうとして疋田に迫ってきたのではなかった。

女の子はただ助けて欲しかったのだ。

でも、自分には何もわからないし、何もできなかった。

それだけでなく、自分はそんな女の子の事を、怖いと、気持ち悪いと思ってしまった……

その事に思い至った疋田は、思わず女の子の前で泣いてしまった。

そして、泣きじゃくる疋田を見ていた女の子は、やがて疋田の前からすうっと姿を消してしまったという。

「その女の子が、私に何を伝えたかったのかは未だにわからないんですけれど、でもきっと何かを伝えたかったんだろうと思っています」

そう、疋田は語った。

弟からの電話

星野しづく

一年ほど前のことだ。

夜の八時を過ぎた頃だったろうか……。不意に携帯電話が鳴り、着信の名前を見て驚いた。

私は、幼少期に不思議な体験をしていた影響で、現在フリーの怪談師をしている。

岡山県の出身で、上京してから九年ほど経つのだが、なんとなく家族との連絡を行っていなかった。向こうから連絡が来ることもなかった。が、その着信は弟からだったのだ。

驚きと懐かしさがこみ上げる。それと同時に不安もよぎった。疎遠になっている身内から突然電話がかかってくるということには、あまり良いイメージがない。

私は、じわりと汗が滲んだ指で受話の表示をフリックした。

「もしもし?」

「もしもし姉ちゃん? 元気しょん?」

久々に聞く弟の声だった。声のトーンはいたって普通で、変な緊張感がないことにひとまず安堵した。

「うん、まぁ元気なよ。久しぶりじゃなあ。そっち変わりない？」

「うん。みな変わりねぇよ。元気しょうる。ほんまに久しぶりじゃなあ……。」

そこで一瞬、妙な間が空いた。本来なら、電話をかけて来た理由を切り出してくれてもいいタイミングだ。少し躊躇っているようにも感じられ、再び不安がよぎる。

（健康面ではなく、何かあったのだろうか？）

耐えられなくなった私は、待つのを止めて促してみることにした。

「で……どうしたん？」

「うん。えーっとな……。」

やはり歯切れが悪い。だが、悪い知らせがあるのではなく、単にどう伝えようか考えている様子だったので、心を落ち着けながら次の言葉を待った。一呼吸置いて、モゴモゴと弟が話し始める。

「あのな……。」

「うん？」

「今日電話したのは……幽霊のことなんじゃけど。」

（は？）

私は耳を疑った。

もう一度書くが、私は上京してから家族と連絡を取っていない。それに「星野しづく」

という名前は芸名だ。いくらネットで私の本名を検索したところで、当人の事は何も出て来ない。つまり、私が今怪談を集めて話していることなど、弟は知る由もないのだ。

（いや、まてよ？聞き間違いかもしれない。うん、きっとそうだ。そうに違いない。）

気を取り直して、私は弟に問いかけた。

「ごめん。なんて？」

「幽霊のことなんじゃけど。」

驚いたことに聞き間違いではなかった。


弟は会社員をしている。

ある日の昼休みのこと。休憩時間に社内の自動販売機に行くと、ひと月ほど前に中途採用で入社してきた男性がベンチに座っていた。

和田（仮名）君だ。以前会った時は快活な好青年という印象だったのだが、その日の和田君はひどく落ち込んだ様子で疲れているようにも見えた。

「なんか疲れとるみてぇなけど……大丈夫？」

「あ！　お疲れさまです！……えっと」

笑顔になって挨拶をしてくれたのだが、その後なにやら言いにくそうに口ごもってしまった。

「俺でよかったら話聞くよ？」

そう伝えると、和田君は意を決したように弟の方に向き直った。

「あの！　僕、会社の寮に住ませてもろーとるんですけど……幽霊が出るんです。」

「え？」

弟は目を丸くして固まってしまった。あまりにも想定外の悩みだったからだ。

そういう話は嫌いではない。ただ、エンターテイメントとして楽しんでいる分にはいいのだが、それを身近な所で聞くと面食らってしまう。要するに半信半疑なのである。

それでも興味を引かれたので、とりあえず話を聞いてみることにした。


和田君が住んでいる寮は、会社が借り上げている一般的なアパートだ。ロフト付きのワンルームで、一人暮らしには充分な環境だったのだが……。入居してしばらくしたころから、ちょっとした異変を感じるようになった。

最初は些細なことだった。帰宅すると、トイレットペーパーがだらしなく出てしまっていたり、テーブルの上の書類が乱れていたり……。それ以外も、視界の端に影がよぎったりする程度で、気のせいで納得できてしまうような内容だった。

しかしその後、異変は徐々に顕著になっていく。テーブルの上にあったはずのリモコンが床に置いてある。キッチンの米袋の口を縛った紐が解かれている。ロフトの柵にひっかけてあったハンガーが落ちている。こうなると気のせいではなさそうだが、自分の思い違いの可能性はある。釈然としないが、さほど生活に支障はなかったので、そのまま普通に生活を続けていた。

実は、この和田君は、全く幽霊を信じていないタイプだった。なので、これらの出来事を心霊現象と結びつける発想は生まれず、侵入者が居たのではないかと気にしていた。とはいえ物が盗られた形跡はない。盗聴や盗撮の可能性はあったが、男の一人暮らしなので、それはあまり真面目に考えてはいなかった。


そんなある夜のこと、彼はいつものようにロフトで眠っていた。

どのくらい眠った頃だろうか、何とも言えない寝苦しさを感じて目を覚ますと、身体が全く動かなかった。

（えっ！　なにこれ⁉）

必死で体のあちこちを動かそうと試みたが自由にならない。目だけは動かすことが出来るが、だからといってどうしようもない。

（もしかしてこれが……金縛り？　頭だけ起きてしもーたらなる言うもんな……）
動かないものは仕方がない。そう思うことにして、こんな時は眠ってしまおうと目を閉じた。と、その時、
〈ミシッ〉
ロフトに上がる梯子が軋んだような音が聞こえた。しばらく耳を澄ましてみたが、それきり何も聞こえない。彼はそのままゆっくりと眠りに落ちていった。

ところが、翌日の夜もそれは起こった。

（またか……。疲れとんかなぁ？）

昨日と同じように、諦めて眠ろうとした。

〈ミシッ　ミシッ〉

昨夜と同じく、ロフトの梯子が軋む音を聞きながら。


更にその翌日も、深夜に目覚めると動けなかった。

この出来事のおかげで、ここ数日は熟睡できていない。仕事の疲れも相まって、彼は少し苛立ちを覚えていた。

（あーもう！　なんじゃーいうんなら!?）

〈ミシッ　ミシッ〉

そしてまた梯子が鳴る。

〈ミシッ　ゴッ！〉

ここで彼は驚いたように目を見開いた。

ロフトの梯子を上ってくると、体重移動のせいで梯子自体がロフトに接触する。先ほど最後に聴こえた音がその音だ。つまり……何者かが梯子を上って来たということに他ならない。

（誰かおる！）

咄嗟に、唯一自由に動く目を足元の梯子の方へ向けた。暗闇に目を凝らすと、梯子の所に黒くて丸みを帯びた「何か」が見える気がする。

存在感は圧倒的だった。しかし、その境界線や遠近感は曖昧で、物質としてそこに存在しているという確信が持てない。

（人じゃねぇ……）

この時、彼は初めて「この世のものではない存在」を意識した。理屈ではない本能的な危機感を覚えていた。

（気がついとるのを悟られたらおえん……。俺は何も知らん。何も見てねぇ。何も気がついてねぇ。）

まるで念仏のように頭の中で繰り返しながら、固く目を閉じ、夢であってくれと必死に願っていた。が、次の瞬間、
左の足首を「何か」に掴まれた。

次に気がつくと朝だった。

気絶したのか、あのまま眠ってしまったのか……。もしくは本当に夢だった可能性もある。しばらく考えたが、そこはかとない恐怖に襲われるばかりで答えは出なかった。

その時、不意に携帯電話が鳴った。着信の表示を見ると、付き合っている彼女からだ。ちょうど良かった！　と、彼はここ数日に体験したこの話をした。すると彼女は、

「明日の日曜、私もお休みだから今晩泊りに行っていい？」

と言い出したので、渡りに船とばかりに承諾した。


また何か起こるのではないか？　という不安をよそに、その夜は途中目が覚める事もなく朝までぐっすり眠れた。ちょっと拍子抜けした気分ではあったが、何も起こらないに越した事はない。

（色々環境が変わる中でストレス感じとったんかもしれんな。そんな中、彼女が来てくれたけぇ。安心して寝れたんかも……）

寝顔をながめながら感謝していると、彼女が目を覚ました。

「まだ寝とってええよ。俺、草野球の練習行ってくる。昼には戻るけぇ、飯でも食いに行こう。」

和田君は会社の草野球チームに参加しており、毎週日曜日の午前中は練習に集まることになっていた。

「うん。分かった。いってらっしゃい。」

そう言ってモゾモゾと布団を被り直す彼女を見届けると、ロフトを降りて身支度し、野球用のバッグを持って外出した。


午前十一時を過ぎたころ帰宅すると、彼女が血相を変えて飛び出してきた。

「すぐご飯行こう！　このままでええから外出よう！」

余りの剣幕に驚いたが、とりあえず駐車場まで出ると彼女を落ち着かせて訳を聞いた。

和田君が出て行った後、彼女はそのまま眠っていたらしい。ところが、ふと目を覚ますと体が動かなかったというのだ。焦って暴れてみたがどうにもならない。その時、

〈ミシッ〉

と梯子の辺りから音が聞こえた。

〈ミシッ　ミシッ　ゴッ！〉

梯子が壁側に当たったのを感じて、

（もしかしたら、彼まだ出かけてなかったのかも！）

そう思い、声を出して助けを求めようとした。だが声も出ない。必死で視線を梯子の方に向けると、ぼんやりと明るい部屋なのにハッキリ見えない黒い影がゆっくりと這い上がってくるのが見えた。

（彼じゃない!!　てか……人でもない？）

余りの恐怖に、目を閉じて必死にうろ覚えのお経を唱えた。それでも「何か」の気配は消えない。

〈ミシッ　ミシッ〉

それどころか、梯子を登ってロフトに上がってきたらしい。布団に重みを感じるのだ。さほど重くはないが、おそらく体格は自分と変わらない「何か」だ。それが布団の上に這いつくばるように登ってくる。両の手が伸びる、次に右足、左足。まるでまだ梯子を登っているような調子で、ズルズル……ズルズル……と這い上がってくる。

（怖い！……怖い！　和田君!!……助けて!!）

自分の呼吸音と鼓動が耳で鳴っている。必死にもがいたが、それでも体は自由に動いてくれなかった。

ズルズル……ズルズル……「何か」が彼女の肩口まで登って来た。そして、彼女の耳元で「フフッ」という女性の笑い声がした。

「ぃゃぁぁあーーーーーっ!!」

思わず叫び声をあげると、途中から声が出て身体が動いた。

「何か」の方には視線を向けず、すべてを振り払う勢いで梯子を滑り降り、無我夢中で玄関へ飛び出したところに彼が帰って来たらしい。


その話を聞いて彼も青ざめた。

彼女の様子から嘘ではないことが分かる。それに彼女が話した体験は、あまりに自分のものと似通っていた。彼女に話して無い内容までそっくり同じだ。彼は、ここ数日の自分の体験が夢や気のせいではないと確信した。

しかもその「何か」は、確実に、意図的に、自分たちへ近づいて来ている。

「もうココに居たくない!」二人の意見は一致していた。

その後、二人で恐る恐る室内に入り「何か」の姿がないことを確認すると、各々荷物をかき集めてアパートを出た。

それからというもの、彼は車で一時間近くかかる実家から会社に通っている。

「と、いうことを聞いたんじゃけど……どねー思う？」

話し終えた弟が、一呼吸おいて問いかけてきた。

私は、相槌を打ちながらひたすら聞いていたが、しっかりした怪談なので驚いていた。

「どうもこうも、王道……いや、不思議な体験談に共通しがちな内容てんこ盛りだし、嘘とかじゃないと思うよ。そもそもそんな嘘をつく意味もなかろう？」

「そーよなぁ。にわかには信じれんかったんじゃけど…。あともう一個な、それ聞いて思い出したことがあるんよ。」

「何？」

「その和田君の前にも、中途採用で入社してきた子がおったんじゃけど、その子も似たような事言ょーたなぁ思ぉーて。」

「ほぅ」

「その子も、家の中の物が動いとるとか言うとったんじゃけど、それからちょっと間経って、車乗っとって後ろから追突されてな。鞭打ちの後遺症が残ったかなんかで、結局会社辞めてしもうたんよ。」

「えぇ!?　それ……」

「うん。その子の時は幽霊がどうとかと思ぉーてねかったから、事故以外の事は忘れとったんじゃけど……。その子の代わりで入って来たのが和田君なんよ。」

「……もしかして同じアパート？」

「分からんけど、その可能性あるわなぁ。」

「だとしたら帰らん方がええよ。万が一ってこともあるし……。ちなみに、そのアパートがいわくつきとかは分からんの？」

「聞いたことねぇなぁ。わりと最近できた普通のアパートよ。」

大まかな場所も教えてくれたのだが、私もその辺りの事件や事故等に心当たりはなかった。

「とにかく実家から通うの大変そうなんよ。遠いし山道じゃし、シフトも不規則なし、それこそ事故でもしたら……」

確かにそうだ。しかし、怪談を集めているとはいえ、こんな現在進行形の相談は受けたことがないので、私もどうしたらいいか分からない。自分の事なら、香を焚いたり塩を撒いたりして様子を見ると思うのだが、中途半端なアドバイスをするのは良くないと感じていた。

「会社に言うて、寮を他に変えるって出来んのん？　それが無理なら、アパート借りて引っ越すいうのも考えてみた方がええんじゃねぇかな。」

「そうじゃなぁ。とりあえずその方向で言うてみるわ。」

後日、弟から「会社に説明したら寮を変えてもらえた」と連絡があった。更にその後

「何事もなく平穏に過ごせている」という知らせも受けた。

他の選択をしていたらどうなったのか？　それは分からないが、無事ならそれに越したことはない。突然の弟からの電話より約一ヶ月で、この事件は一先ず終わりを迎えたのであった。

ちなみに、何故弟が私に電話して来たのかという疑問には「子供の時、姉ちゃん幽霊見たとかで泣いとったから詳しいかと思うて」という答えが返ってきた。自分にその記憶はないのだが、幼少期の怪異体験の中でそんなこともあったかもしれない。なんとなく気恥ずかしさを感じつつ「なるほど」と返事をしておいた。

一連の出来事が起きた物件は、ごく普通のアパートで、特に何か事件や事故が起こった訳ではない。今回も、単純に住民が引っ越していっただけだ。

言ってみれば無事故物件。今も「何の『いわく』も付いていない」ということになるのだろう。

物件のその後と、現れた「何か」の正体は、未だ分からないままである。

守られた家系

松原タニシ

東京出身のHさんは幼い頃、二回も九死に一生を得ている。

九歳の頃、近所の小高い丘の上にある神社で石段を何段も飛ばして駆け降りていたら、勢い余って五メートルくらいの高さの崖の方へ飛んでしまい、「もうダメだ」と思っていたら、空中で身体が勝手に一回転して、見事に足から着地。そのまま尻もちをついただけで無傷だった。

十一歳の頃、また同じ神社で今度は反対側の崖に向かって足を滑らせて、斜面を滑り落ちていく途中、巨大な丸太に引っ掛かり、そのまま丸太にしがみ付いて丸太ごと滑り落ちていった。しかし斜面から垂直の崖になるところで神社の隣に立つマンションの六階部分の外壁に丸太が先に激突。そのおかげで丸太はマンションと崖の間に丁度固定され、しがみ付いていたHさんは助かった。

「実は僕、一、二歳の時の記憶が何故かあるんですけど、それがまた不思議なんですよ」

とHさん。その記憶では、和室に布団を敷いてその上にHさんは寝かされていて、その横のキッチンテーブルで母と母の友人が家で怪談話をしていたという。そして怪談話が盛り上がったところで、突然Hさんが大声で泣き出したという。母たちはビックリして腰を抜かし、這いつくばりながら急いで和室に行ってHさんをあやしつけたが、Hさんはその時に何故自分が泣いたのかをはっきりと覚えている。真っ暗な和室の窓の外に、真っ白い顔のおじさんがこっちを見ていたのだという。そのおじさんの白い顔は今でも思い出せるそうだ。

その後少しすると、Hさんは神がかりな行動を起こす。

怪談話をしていた母の友人はよく家に遊びに来ていたのだが、ある日ヒーターの網の部分に髪の毛を絡ませてしまい、「熱い、熱い」と悲鳴を上げていた。それを横で見ていた当時一、二歳のHさんが、ヒーターの網に手を突っ込んで髪の毛をほどき、母の友人を助けたというのだ。何故かHさんの手は全く火傷を負っておらず、何故そんな行動を取ったのかもHさんには分からないそうだ。

「でもね、従兄弟のYの方が凄いですよ」

Hさんの従兄弟であるYさんは宮城県石巻市出身である。

一九九五年、Yさんが十二歳の頃、海側にあった一軒家から同じ石巻市の少し山側の一軒家へ引っ越した。

引っ越しの日の一週間前、一階で家族揃って食事をしていたら、「ドーン!!」という爆音が二階から響く。Yさん一家はタンスが倒れたんじゃないかと思って二階へ見に行ったが、何ごともなかった。

次の日も二階から音は鳴る。その次の日も鳴った。引っ越し当日まで二階での謎の音は毎日鳴り続けていた。その度に確認しに行くのだが、やはり何も起きてはいなかった。

そして引っ越し前日。この家で最後となる家族全員の食事風景を記念写真に収めた。するとその写真には、キッチンと食卓を仕切る磨りガラス越しに、見たこともない白い男の顔が写り込んでいた。

それから十六年後。

Yさんの住む石巻市は、かの東日本大震災により甚大な被害を受ける。

当時Yさんは警備会社で交通誘導の仕事をしていた。

車で移動中、アスファルトが波打っているのが分かった。呑気な性格のYさんは「ああ、今日はもうこれで仕事終わりだな」と思った。さらにガソリンも底をつきそうだったので一旦事務所に戻ろうとしたところ、車という車がこぞって山側へ向かって進もうとして大渋滞が起きていた。しかしYさんの会社の事務所は沿岸部にある為、海側へ進む道路はすいていた。途中、川が逆方向に流れているのが見えたが、「ああ、今日は逆に流れる日なんだな」程度にしか思わなかった。

事務所に着いたYさんは一階でタバコを一服していた。するとYさんより後に帰ってきた社長が、

「波が来たぞ！　二階上がれ！」

と入口のドアを開けるなり叫んだ。Yさんと社長は勝手口のドアを開けて外付けの階段を駆け上がり二階へ避難した。

とその瞬間。巨大な濁流が押し寄せ、辺り一帯を瞬く間に飲み込んでいった。Yさんの事務所は簡素なプレハブ小屋だが、一階の入口と反対側の勝手口を開けっ放しにしていた為に濁流の通り道が生まれ、抵抗を受けずに済んだ。これによりYさんの事務所は、奇跡的に流されなかった。

それから二日間、プレハブ小屋の二階で過ごし、三日目に自衛隊のヘリに助けられて避難所に移動。しかしYさんはすぐに家族の安否を確認するために、三日かけて実家まで歩いた。そしてYさんの実家もまた、周りの家が全て流されてしまっている中、唯一無事だった。

中に入ると実家が近所の避難所になっていた。両親、兄弟、甥っ子姪っ子、みんな無事だった。

しばらくして落ち着いてから、昔住んでいた前の実家の辺りを見に行った。生家は、跡形もなく無くなっていた。

十六年前、引っ越しの直前に起きた謎の爆音はこのことを暗示していたのかもしれない。そして、最後に撮った記念写真に写る白い顔の男は……。

Hさんは言う。

「Yが持っている家族写真に写る白い顔、どこかで見覚えがあるなと思ったんですが、僕が一歳の頃に見た白い顔のおじさんと、どことなく似てるんですよね……」

もしかしたら、この家系を守ってくれていたのかもしれない。

映画サークル

三木大雲

「是非、心霊映画の監修をお願いできませんか」そう私に問いかけてきたのは、某大学の映画サークルの学生達である。

私には監修という作業が、どういったものであるかわからなかったが、映画制作のすばらしさや、今回の作品に対する意気込みなど、一つの目的に突き進む若者特有のまっすぐさに感銘を受け、気がつけば快諾《かいだく》してしまっていたのである。

後に、この時よくよく考えるべきであったと、反省することになった。

その反省の始まりは、映画のロケハンがきっかけであった。

ロケハンとは、舞台となる場所や建物などの、いわゆる下見撮影のようなものである。

この日は、京都市内にある廃ビルに行くということで、三人の学生が待ち合わせをしていた。しかし、その日に限って、急遽二名が腹痛を訴えて行けなくなったという。

残された一人は女子学生だった。普通ならここで不安や恐怖を感じ、少しは躊躇《ちゅうちょ》したのだろうが、彼女の場合は違った。心霊映画を撮るからといって、幽霊や怪奇現象を信じている訳ではなかったのである。

彼女はビデオカメラを持って、一人で現地を訪れた。

この廃ビルは、怪奇マニアの間では比較的有名な建物だが、彼女のように初めて訪れる人にとっては、少しわかりにくい場所にある。そのため、目的地に到着したのは、日も落ちかけた夕方近くであった。

建物はビルというには低い三階建てで、中央に入り口、左右対称に部屋があり、外観はまるで大きく口を開けた人の顔のようだったと、後に彼女は教えてくれた。

早速カメラを回しながら建物へと入る。一階にあった左右の部屋を撮影した後に上の階へ。二階の撮影も終え、最上階の三階まで上がり、左側の部屋へと入って行く。すると、この部屋も他の各部屋と全く同じで、大きな窓があった。しかし、この部屋の窓の下にだけ赤いスプレーのようなもので、「ゼッタイニノゾクナ」と書かれている。

この時の彼女は、部屋から生じる違和感よりも、やっと良い絵が撮れるという喜びが勝っていた。そして、ビデオカメラの液晶画面に目をやりながら、ゆっくりと窓に近づき、窓から下をのぞき込んだ。下にはセメントで固められた、ひび割れた地面が広がっていた。

撮影を終えた時には辺りは薄暗くなっていた。心霊現象なんて信じない彼女だが、さすがに怖さを感じて、すぐに引き上げた。

大学の部室に戻った彼女は、早速、撮ってきた映像を再生して編集し始めた。こんな風に撮影したらどうかと、他の部員にプレゼンをしようと思ったのだそうだ。

編集をはじめてから、どのくらいの時間が経ったのか、気がつけば大学内は静まり返り、時計の針は夜の十二時を少し回っていた。

「今日は、泊まっていこうかな」

部室には、遅くなってしまった時のための簡易ベッドが置いてあり、彼女はそこに横になって眠りについた。

普段あまり夢を見ることのない彼女だが、珍しくその日は夢を見た。

その夢とは、昨日訪れた廃ビルの、あの三階の部屋。ビデオカメラの液晶画面を覗きながら、窓にゆっくり近づき、下をのぞき込む自分の姿。窓から見下げた一階の地面には、「おいで、おいで」と声を出しながら、ゆっくりと手首だけで手招きする見知らぬ男性がいた、という夢だった。

目が覚めた彼女は、霊の存在を信じていなくても、さすがに怖い場所に行けば、こんな夢を見るんだなと思ったそうだ。

そんなことを思っていると、体調が戻った男子学生二人が部室にやって来た。

「昨日はごめん」そう言いながら入ってきた二人に、彼女は昨夜見たという夢の話を始めた。

「これは作品に使えそうでしょ」彼女は満面の笑みで話したが、男子学生二人は、少し引き気味にその話を聞いていた。

その日は、他に撮影に出ていた部員も集まり、すべての映像のチェックが始まった。使えそうな映像とカットする映像の選別など、作業は深夜まで続いた。

結局この日も、彼女は部室に泊まることにした。男子学生二人も泊まるというので、隣の部室を借りて、そこに男子学生が泊まることになった。

部室の電気を消して、彼女はベッドに横になった。連日の疲れからか、目を瞑《つむ》るとすぐに深い眠りへと入っていった。

彼女は、またあの廃ビルの夢を見た。ビデオカメラの液晶を覗きながら、窓に近づく。赤いスプレーで書かれた「ゼッタイニノゾクナ」の文字が見える。カメラはゆっくりと一階の地面を映し出した。

するとそこには、一人の男性がまた立っている。しかし、今回は少し様子が違う。その男性は、両腕を大きく振りながら、「飛び降りろ、早く飛び降りてこい」と大声で叫びながら、凄い形相でこちらを見ている。

その時、急に腹部に強い圧迫感を感じた。

そして、「何をやってるんだ」という大声が、部室に響き渡った。

はっと夢から覚めて気がついた彼女は、部室の窓に足をかけて飛び降りる寸前であった。そこを男子学生が、腰に抱きついて止めてくれていたのである。

この事件があった為、心霊映画制作は中止となった。

今はもうなくなった廃ビルだが、ある人は、この廃ビルの三階の窓を「呼び込みの窓」と呼んでいたそうだ。

白い馬の絵

渡辺裕薫（シンデレラエキスプレス）

ある大衆演劇の座長にまつわるお話。

漫才師である私をジャンル違いでありながらも目にかけてくださっていたその座長さんを、私は人生の指針も示していただいてるという意味で《師匠》とお呼びさせてもらっていた。

師匠は絵が巧く、或るとき次の巡業先の劇場主さんから絵を頼まれた。大衆演劇はだいたい一ケ月の契約で同じ劇場で昼夜二回の公演を行い、座員ともども楽屋で寝泊まりする慣わしになっていて、それを次の劇場へと繋げていくことで一年を過ごしている。師匠の劇団は大阪が地元であったが、巡業を繰り返すと長きに渡り大阪に戻れないこともあった。

絵を頼まれた師匠は出演中だった地方の劇場の楽屋で仕上げたのだった。

劇場主が師匠に絵をお願いしたのは……次月に来演する劇団のお知らせとして劇場ロビーにポスターやチラシを貼って宣伝するなかで、座長である師匠の得意の絵を飾ることでさらなる宣伝になればと考えたのだ。

だから、師匠が描いた絵は劇団が移動するよりもずっと先に劇場主さんのもとに送られていたのだった。

その後、出演していた劇場での一ケ月の公演を終え、座員を引き連れてその劇場へと師匠は向かった。

到着すると出迎えた劇場主はなぜか曇った表情だった。怪訝な空気を発する師匠に気づいた劇場主は申し訳なさそうに、

「師匠、着かれて早々にすみません。実は……急な話なのですが、不渡りを出してしまいまして、今月いっぱいでこの劇場を閉めることになりました」

と言った。

劇場主の説明では最後の公演としてこの一ケ月をどうか頑張っていただきたいという事だった。せっかく絵を飾らせてもらったのにすみませんと平謝りだったという。

そうして劇団としては波乱の幕開けではあったが、なんとか一ケ月の公演を終えた師匠は久しぶりに大阪に戻ってきた。大阪ミナミまで座員たちと軽トラやワゴン車で分乗して到着した師匠は、簡単な手荷物と劇場主から返された絵を手に、行きつけのスナックに立ち寄ったのだった。

「師匠、お久しぶりね。ゆっくり飲んでいってね」

馴染みのママが愛想よく出迎えてくれた。

ひとしきりお酒を楽しんだ頃、ママが風呂敷に包まれたものに気がついた。それは師匠が持ち帰ってきた絵であった。大きな額縁ごと包んでいるので否が応でも目につく。ママに絵の経緯を説明したが……。

「うわぁ！　素敵な絵ね。うちの店に飾らせて欲しいくらい」

ママがとても気に入ってくれたのに気を良くした師匠はスナックに置いて帰ることにした。本音を言えば、持って帰らずに済むから助かると思ったようだ。心底喜んでいるママに見送られながら師匠は店を後にした。

翌朝。自宅で眠っていた師匠は携帯電話の着信音で目が覚めた。ママからの電話だ。

「師匠……ごめんなさい。あのあとうちの店が火事になってしまって。漏電だったみたい。私が帰ったあとだったんだけど。あっ、でもね。ボヤ程度だから。師匠にお借りした絵は大丈夫だったから」

電話の向こうでしきりに詫びるママが気になった師匠は夜に店を訪ねた。もちろん営業はしていないが、後片付けに追われているママの姿があった。

「師匠、本当にごめんなさい。この絵が燃えなかっただけでも私はホッとしたわ」

と、持っていった時と同じように風呂敷で包んで返してくれたのだった。師匠は絵を手に店を出た。まさか酒が飲めるとも思ってはなかったが、このまますぐに自宅に帰るのも……と、別の馴染みのスナックに立ち寄った。

その店のママも久しぶりに来店した師匠を愛想良く迎えてくれた。そして、風呂敷の包みを訊ねてきたので絵だと説明すると見たいと頼んできた。

「うわぁ……凄い絵ね。だけど……ごめんなさい。見せてとお願いしておいてなんだけど。なんか……私はこの絵、苦手だわ」

表情を一変させてママが言った。

すると……。

「良かったら私に見せてもらえませんか？」

背後から男性の声がした。カウンターで独り飲んでいたお客だった。身なりは清潔な明らかに紳士という感じの年配の男性だった。そして絵を見た途端に……こんな素晴らしい絵にそうそう出会えるもんじゃない。良かったら自分の会社に飾らせて欲しいとお願いしてきた。

持って帰らずに助かると思った師匠は快諾し、男性に絵を託した。その様子を不安そうに見つめるママをよそに。

それから、ふた月ほど経過した頃。地元大阪の劇場で公演中の師匠を訊ねて一人の男性が楽屋に来た。初めて会うが何処で会ったような気がした。

「師匠、いつぞやは私の父に絵をお貸しくださったようで」

そう挨拶する男性は、絵を託した男性の息子であった。親子なので面影は似ているから、どうりで何処で会った気がしたわけだ。

「お恥ずかしい話ですが……突然、父が失踪しまして、行方を捜してますが全く消息がつかめないんです。父は会社を営んで社長を務めてましたが業務に支障が出だしましたので、息子の私が後を継ぐことになったのですが……いろいろ整理していくなかで師匠からお預かりしている絵の事がわかりまして、お返しにあがったのです」

そう詫びる男性は風呂敷に包んだ絵を置いて帰って行った。男性の説明では、父親の会社の業績は好調だったようで失踪する理由が分からず、かといって女性に走る感じでもないという。事実、父親は財産に一切手をつけずに着の身着のままでいなくなったようだった。

またしても絵が手元に戻った師匠は出番を終えると楽屋をでた。もちろん風呂敷に包んだ絵を手に……。

大阪の劇場での公演中ということで自宅からの通いであるため、そのまま帰宅しても良かったのだろうが、ついつい足はミナミの繁華街へ向かい、この話にはまだ出ていない、いわゆる三つ目の馴染みのスナックに入った。

実はその夜、私はその店で師匠と久しぶりに再会したのだった。

お互い酒を酌み交わしながら、これまでの互いの出来事を喋った。その流れで師匠の絵の話が出た。

「そんな事があったんですか。」

酒の席のちょっとした話題の域を出ないと思いつつ、師匠の心中も察しながら私はやや大げさな反応をした。そして、師匠が座るカウンター席のとなりの空いた席に立て掛けられた風呂敷包みが目に入る。中身はその絵だというのはすぐに理解した。

「師匠、その絵を私にも見せていただいてよろしいですか？」

目の前にあれば当然ながら興味も湧くというもの。ただ、話が話だけに緊張感が走った。

「いいよ」

師匠は丁寧に風呂敷包みを解いていく。

すると……大きな額縁に入れられた絵が姿を現した。

それは《美しい青空の下、緑が生い茂る草原を白い馬にまたがったカウボーイが片手を空に突き上げながら疾走している》絵だった。馬もカウボーイも躍動感に溢れ、師匠の画力の素晴らしさが分かる。

この爽やかな絵が……なぜ？

「この白い馬、素敵ですね！」

私は大げさに絵を褒めた。もちろん素晴らしい絵であるのは間違いないが、あまりの顛末に師匠も辟易《へきえき》としていては気の毒だと気を遣ったのだ。

「いや……違う。違うねん……」

師匠がポツリと呟いた。

私があまりにも白々しく褒めたからだと一瞬、反省したが、どうやらそうではなく明らかに自分に言い聞かせるための独り言のようであった。

「何が違うんです？」

聴いてないフリが出来る雰囲気ではなく、私は師匠に訊ねた。

「この絵……本当は黒い馬なんだよ」

小さな声で確かに師匠はそう言った。

しかし、その後はいつもの明るい師匠に戻って会話は弾みだした。だから余計に呟くような師匠の言葉が脳裏に残った。

そして、それから一時間くらいで師匠と私は店を出て、表の通りで別れた。

その夜、師匠は亡くなった。


まさかの訃報に、私は悲しみ以上に信じられないという気持ちで胸が締め付けられた。

一緒に楽しくお酒を飲んだ、その夜になんという事だろう……。

その翌日。私は師匠のお通夜に列席した。遺族の方々と、決して多くはない座員と数人の関係者だけが駆けつけ、ひっそりとした雰囲気であった。

焼香が終わり、お坊さんの読経も全て読み上げられた。そして、喪主を務める師匠の奥さんが列席者に挨拶と師匠が亡くなった理由を説明されたのだが……死因は突然の脳内出血であり、それも上顎の上の部分の脳と頭のてっぺんに近い部分の脳が二箇所同時に出血するという珍しい症例であり、あまりにも酷い出血であったこともあって手の施しようがなかったのだという。


「主人は好きな大衆演劇の世界に身を投じて頑張ってまいりました。また、得意な絵も何枚か残してくれました。主人が最後に描いた絵を……今日はお供えしております」

奥さんの気丈な挨拶が締められると、あちらこちらから嗚咽がもれた。

だが……列席者の誰もが備えられた絵に視線を送ると、我に返ったように嗚咽が消えた。

「あの……奥さん。その絵って、師匠からお話を聞いてなかったですか？」

座員の一人が奥さんに訊ねた。本来ならこんな席で蒸し返す話題ではないが、事が事だけに皆が腑に落ちなかったようで全員の声を代弁しているかのようだった。

「絵のこと……私、聞いてました」

間髪入れず奥さんは返す。その表情からは、この話題に触れて欲しかったとばかりに安堵の感じが見てとれた。

「巡業先で起きた出来事は常に電話で伝えてくれる人でしたから、絵のこと、それにまつわる話も全て聞いてました。絵が行くところで不幸が訪れるようだから……その絵は自宅には持って帰らないでねと私は笑って話してたんですが……本当に我が家に持って帰ったその夜に主人は亡くなったんです。やはり……黒い馬が」

黒い馬⁉

確かに最後に会ったスナックで師匠は《黒い馬》と言った。奥さんにも伝えていたのだ。

「私たちも師匠から、この絵は本当は黒い馬だったと聞いてました」

一人の座員の話にほかの座員たちも頷いた。

「ごめんなさい。話に口を挟んでしまいますが……その絵は曰くがあるようですな。お焚き上げするべき絵だと思うのですが、その前に確かめるべきだと」

やり取りを見ていたお坊さんの言葉だった。

一同全員がそれに従うべきだと思った。

奥さんの了承のもと、座員がコインを手に絵の表面を削りだした。白い馬の脚元あたりからガリガリと音を立てて剥がされていくと……その下からは黒い部分が現れた。明らかに馬の脚であった。さらに削り進めていくと、カウボーイの足もとからも黒い部分が。なんと……カウボーイの下からは真っ黒な鎧甲冑に身を包んだ侍が現れたのだ。その侍が黒い馬にまたがって疾走し、しかも緑が生い茂る草原の下からは焼け野原という表現がふさわしいドス黒い平原が姿を現した。青い空の下からは混沌とした曇天が……。カウボーイが意気揚々と片手を空に突き上げていたはずが、鎧姿の侍が片手を空に突き上げているのだった。

だが、それだけでは無かった。侍の手は何かを握っていた。ギュッと握りしめられた拳から天に向かって棒のようなものが伸びていた。削っていくと、その先に尖った部分が見受けられた。侍の手に握られた棒……それは明らかに槍だった。しかも、槍の先端部分に丸い物が突き刺さっているようであった。

全てはこの部分にあると誰もが思った。コインを持つ手が明らかに疲れてきている座員は最後の力を振り絞るかのようにガリガリと勢いをつけて削った。

すると……槍の先に、突き刺さり貫通した人間の生首が現れたのだ！

「キャァ！」

列席者から悲鳴が洩れた。

そして、その生首の顔を確認した誰もが、

「師匠じゃないか！」

と驚愕の声をあげた。

《青空のもと、草原を白い馬にまたがって疾走するカウボーイ》の絵の下から現れたのは《曇天の下で焼け野原を黒い馬にまたがった黒い鎧甲冑の侍が生首を突き刺した槍を天に突き上げている》絵で、槍に貫通されて苦悶の表情を浮かべる生首は師匠自身だったのだ。

それはまさに、上顎の上の部分の脳と頭のてっぺんに近い部分の脳が二箇所同時に出血を起こした、師匠の亡くなり方と同じ刺さり様であった。

「主人は、絵を描くときに我を忘れる瞬間がある……っていつも言ってました。この絵もそんな事で描きあげてしまったのでしょう。我に返った主人は、これじゃ駄目だと上から塗り固めて修正したのだと思います……」

と呟く奥さんの声が響いた。

人形の夢をみる

横山創一

かづきさんはロックが好きで、特にＸ Ｊａｐａｎが大好きだった。十五～六才の頃、Ｘ Ｊａｐａｎが縁でＲちゃんという友人と知り合った。家も近かったので時々待ち合わせてはファミレスで一晩中好きなバンドの話をしたりしてよく遊んでいた。

より親密になり、ある日Ｒちゃんの家に泊まった。Ｒちゃんの家は両親が離婚していてお母さんとＲちゃんのふたり暮らし。お母さんもあまり口うるさい人ではなかったので遊びに行くには居心地がよかった。

その日もふたりでひとしきりＸ Ｊａｐａｎの素晴らしさを語り合ったりなんかして、話しているうちに夜も更け、真夜中過ぎにどちらが先ともなしに眠ってしまった。

寝ているとかづきさんの夢に日本人形が出てきた。夢の場面はいま寝ているＲちゃんの部屋の中。夢の中の部屋も今寝ているこの部屋とほとんど一緒なのだが、一箇所窓だけが違う。本当の部屋は擦りガラスなのに夢の中の部屋では透けたガラスになっており、その窓から日本人形がこっちを見ている。床に敷いてもらった布団から見ると上の方から見下ろされるような感じになり、不気味さもひとしおであった。

目がさめた後、夢を思い出して「気持ち悪い夢だったな」と思いながらも、そういった夢はときどき見ることもあるので、さほど気にはしなかった。

朝、かづきさんがRちゃんの家からの帰りに、五十代後半ぐらいの白髪の男性を見かけた。茶色のシャツを着ていてグレーのスラックス。なんか古臭い感じのファッションだなという以外これといった特徴はないのだが、なんとなく記憶に残る男性だった。

また別の日、Rちゃんの家に泊まった。

するとふたたび同じ日本人形の夢を見た。情景は前と同じで本来は擦りガラスの窓が透けたガラスになっていて、日本人形がまたこっちを見ている。今回は人形がただこちらを見ていた前回とは違い、ものをこそ言うわけではないものの、何かを必死で訴えかける意思や意識のようなものが人形の姿から感じられた。何を言いたいのか、部屋に入れて欲しいのか……それとも何か他のことを訴えているのか……はっきりとした意図はわからないけれども、表情のない人形の顔ながら、そこから強い感情を感じたのだ。

朝起きて「また日本人形の夢を見たなぁ」と思いながらも「生きていれば二度同じような夢を見ることもあるだろう。何も特別なことはないはずだ」と気にしないように努めた。

一週間ほど経ったまた別の日。自転車で自宅から五分ほどの距離にあるスーパーに出かけるとき、家の前でRちゃんの家の帰りに見たあの白髪のおじさんをまた見かけた。「あ、あの人だ」と思いながらも気にせず自転車でスーパーに行ったのだが、奇妙なことにスーパーの前にまたそのおじさんがいた。かづきさんの家からスーパーまでは自転車で急いでも五分かかるのに、徒歩でかづきさんと同着とは不自然に思えたのだ。「おかしいなぁ」と不思議に思っていると、そこで携帯が鳴った。Rちゃんからの電話だった。

もし近所に居るなら遊ばないかという誘いの電話だった。特に用もなかったのでスーパーでお菓子を買い、その足でRちゃんの家に行った。もちろんおじさんのことは気になったが、遊びに行くことで頭の中がいっぱいになってしまい、とりあえず深く考えないことにした。

Rちゃんの家でCDを聴いたりビデオを観たりしてダラダラしていると夜が遅くなってしまったので、また泊まらせてもらう事になった。

その夜もやはりあの日本人形の夢を見た。また日本人形が窓の外からこっちを見ている。今度は表情からして鬼の様な形相だ。しかも両手で窓を叩いている！　いまにも窓のガラスが割れそうだ！　かづきさんはパニックになってしまい、そこからは夢なのか現実なのか区別がつかなくなった。怖くなってリビングに逃げたのだが、リビングの窓に日本人形が先回りしていて窓を叩いている。慌ててまた寝室に戻ると、こんどは窓いっぱいに大きくなった人形の真っ白な顔が睨みつけてくる。体は見えないが動きで手をハンマーのようにして前にあるものを叩いているのがわかる。建物全体が日本人形に叩かれているような感覚だ。

「怖い！」と思って慌ててRちゃんを揺り起こしたところで夢から目が覚めた。実際にRちゃんを揺り起こしている体勢で目が覚めたので、本当に眠りながら逃げ回っていたような感触もある。ただ夢と違うのは日本人形の姿が見えなくなっていることだった。

Rちゃんを起こして電気をつけて、家に泊めてもらう度に見ていた日本人形の夢の話を説明した。するとRちゃんが

「そう……みたの？」

とワケありな感じで応えるではないか。

事情を聞くと、Rちゃんも以前に日本人形の夢を何度か見たことがあるという。実際に日本人形がその家にあり、普段は物置に置いてあるとのこと。さらにいうには、どのようなときに日本人形の夢を見るのか決まった条件があるそうだ。それは人形のケースの中に入れている乾燥防止用の小さなおちょこの水がなくなった時だという。

「では、またあの水がなくなってしまったんだな」という話になり、夜中ではあったが「人形にお水をあげなくては」と二人で物置に行った。するとどうだろうか、日本人形のケースの中には五センチぐらい水が溜まっていたのだ。おちょこに水がないどころの話ではな

い。逆におちょこが沈むような形でケース内に水が溜まって澱《よど》んでいる。人形のケースには扉などもあり必ずしも密閉されているわけでもないのに、水が溜まっていたとは……。

慌ててケースの中の水を捨てて、ケースの中を二人できれいに掃除した。

気になったのでRちゃんにときどき見かける白髪のおじさんの話もしてみたのだが、Rちゃんはわからないという。

朝になってRちゃんのお母さんが起きてきたので人形の話の一部始終を報告して、併せてかづきさんが見かけた五十代後半くらいのおじさんの話もしてみたところ、外見の特徴から、そのおじさんはお母さんと離婚したお父さんのお兄さんではないかとのことであった。Rちゃんもお母さんもお父さんとはもう何年も会ってもいないので、やはりおじさんにも何年も会っていない。叔父さんはお母さんがお父さんと離婚する前から病気がちだったともいう。現在どこに居るかはもちろん、生死も定かではないとのこと。ただお母さんの記憶によると、日本人形の元の持ち主はその叔父さんだったという。

二人で日本人形のケースを掃除したその夜以来、かづきさんがRちゃんの家に泊まっても日本人形の夢を見ることもなくなったし、近所であのおじさんを見かけることもなくなったという。

お経の意味

山口敏太郎

Kさんは、房総の地方都市に住んでいる女性で病院に看護助手として勤めている。彼女は人に見えないものが見える能力を持っている。それ故、不可解な体験をしてしまうことが多々ある。

彼女の体験は「山口敏太郎の千葉の怖い話」（TOブックス）でも紹介させていただいた。彼女にとって、のどかな房総での日々は怪異の連続なのだ。

「いつも、亡くなったおじいちゃんにクレームを言われてるんですよ」

そう言って彼女は笑った。

彼女の勤めている某病院は、地元では評判がよく、隣接する土地を買収して訪問介護のビジネスを広げることにした。

病院の隣の土地は地元の旧家が所有しており、病院側は莫大なお金を支払って広大な土地を手に入れた。

そして数ヶ月後、彼女の勤めている病院の横に四階建ての真新しい建物が完成した。三階と四階は訪問介護のフロアであり、大変な賑わいを見せていた。しかし、一階と二階は違う事業を行っていたのだが、なぜか空気がよどみビジネスもあまりうまくいかなかった。

その原因は一つである。

——地鎮祭をやらなかったのだ。

「院長、建築する前にやっぱり地鎮祭はやったほうがいいですよ」

彼女は病院の院長に必死に懇願《こんがん》した。しかし、そういったものを一切信じない合理主義者の院長は薄ら笑いを浮かべてこう答えた。

「地鎮祭？　大丈夫だよ。そんなのやらなくても」

院長の決断により、旧家から買い取った広大な土地に地鎮祭を行わないまま巨大なビルが建設された。それ以来、数年前に亡くなった旧家の当主であったおじいちゃんの幽霊が度々出没するようになった。

カンカンカンカンカンカン

けたたましい音を立てて新しく建ったビルの非常階段を半透明の老人がかけのぼる。

怒りに震えた表情で目を見開いて唇を噛み締めて何度も何度も駆け上る。

カンカンカンカンカンカン

老人にとって空間は二階までしかないらしく、三階や四階に行く事は無い。おじいちゃんの遺族は莫大な金をもらって近所に豪邸を建てて住んでいる。

――――亡くなったおじいちゃんは納得していないようだ。

以前から建っていた病院のフロアで、窓を開けて彼女が仕事をしていると、何度も階段を駆け上ったり、かけ降りたりする老人の姿が見えた。

老人の霊と目が会うと、老人は血の気の失せた目玉でじろりとにらみながら無言の抗議をした。

「ごめんね、おじいちゃん、私に言われてもどうしようもできないんだ」

彼女はそう言ってガラガラと窓を閉めた。今もおじいちゃんの幽霊は非常階段の一階から二階にかけて毎日のように

カンカンカンカンカン

駆け上ったり駆け降りたりして、抗議を続けている。

そんな彼女が、病院の宿直室で寝ているといきなり男の子の幽霊が入ってきた。

（えっ、なんで、なんで入って来れるの？）

彼女は気が動転した。何故かと言うと、宿直室で仮眠をとるときは安全のため神社でつけてもらった眷属《けんぞく》を見張りに立てているからだ。

（あの見張りをかいくぐった？）

彼女が不思議そうにしていると、その少年はまるで母親に甘えるような仕草で擦り寄ってきた。ずいぶんと落ち込んだ感じがする。

（何なの？　君は、いい子いい子）

なんとなく自分の息子のような気がして、Kさんはその少年の頭を撫でてあげた。

そんなことがあった翌日、友人から連絡があった。

「うちの息子の行方がわからないの」

電話口の声が上ずっている。どうやら精神的に不安定であった友人の息子の行方がわからないらしい。

「大丈夫？　とにかく落ち着いてよ」

慌てふためく友人を落ち着かせたが、数時間後ガレージで首を吊っている息子が発見された。

友人の落胆ぶりは目に見えて明らかであった。友人は十七歳の息子を失い精神的にどん底に落ちてしまった。数日後、息子の葬式が開かれることになった。

「息子が好きだった音楽で送ってやろうと思うの。だから音楽葬にしたわ」

「それがいいかもしれないね」

数日後、セレモニーホールで開催された葬式に彼女は出席した。

息子が好きだった音楽に囲まれたなかなか良いお葬式であった。だが彼女はある異変に気がついていた。

「僕はどこにいるの？　これは僕のお葬式？　何も聞こえないんだけど」

自殺した少年はそう何度も繰り返していた。しかし、彼女の目には葬儀会場の片隅に立ち尽くす少年の姿がはっきりと見えていた。

「大丈夫よ。私はあなたの姿が見えるわ」

そう何度も声をかけ、混乱する少年の霊をなだめた。

葬式からさらにしばらく時が経って、彼女は友人の家にお邪魔した。最愛の息子をなくして精神的なショックから立ち直れない友人が心配だったからだ。

「あの子は私のそばから離さない。お墓なんかに骨は入れない」

頑なな口調でそう主張した友人は、息子の骨をお墓に納骨することなく、自宅内に保有していた。

彼女には母親のそばでぼう然と立っている少年の姿が見えていた。

（あなたは何でそこに立っているの？　座りなさいよ）

少年はおどおどした様子で答えた。

（僕は座る椅子がないんだ。寝るためのベッドもないんだ）

不審に思った彼女は問いかけた。

（君にとっての椅子やベッドって何なの？）


少年は彼女のほうに向き直ると、はっきりした口調でこういった。

（死んだ人間にとって仏壇は椅子なんだ。死んだ人間にとってお墓はベッドなんだ）

彼女はその時初めて仏壇とお墓の必要性に気がついた。一人でぼう然と立ち尽くす少年が気の毒になった彼女は遺骨を抱きしめる母親に進言した。

「とにかくお仏壇とお墓を作ろうよ」

数ヶ月後、立派な仏壇とお墓が完成した。あの自殺してしまった少年は今は仏壇に座りお墓に寝ている。

話を終えた彼女は突然筆者に質問をした

「山口さん、お葬式でお坊さんが読むお経って意味があると思います？」

「えっ、どういう意味ですか？」

筆者は驚いたような声で応答した。

「以前、葬儀屋の社員がお経を読むセレモニーに参加したことがあるんですが、その時も霊は葬儀屋の社員のお経が耳に入らないって言ってましたよ」

「素人が読むお経って霊に届かないんですか？」

「そうみたいです。お坊さんというプロが読むお経じゃないと幽霊には届かないんです。またあの世への道筋もわからなくなってしまうんですよね」

彼女はにっこりと笑うと、お茶をゴクリと飲み干した。

あとがき

山口敏太郎

関西テレビで放送されている「怪談グランプリ」も二〇一八年で十年目を迎える。筆者がこの企画を考えてから十年の月日が流れ去ったことになる。移り変わりの激しい芸能界に置いて、十年も続く番組は稀である。これを契機に二十周年に向けて関係者一同頑張っていきたいものである。

「怪談グランプリ」は、怪談業界において大きな流れを生み出している。幕末から明治期において活躍した怪談師は昭和初期に全滅した。十数年前、筆者は怪談師という職業を復活させ、この世の中に再び送り出した。

その結果、怪談師という肩書きを名乗る者が世の中には満ち溢れ、有名無名を含めて全国に百人近くが存在する。また、怪談トーナメントなどビックイベントも多数立ち上がり、今の日本には偶然の怪談ブームが起きている

長らく怪談は書くものであり、語るものではないと言う認識が広がっていた。この番組が立ち上がるまで、怪談の語り部と呼んで良い存在は稲川淳二御大のみであった。それが一つの分野として定着しつつあるのだ。

怪談を語ることを文化として定着させることができたのは、大変嬉しいことだが、同時

に肝に銘じなければいけないことがある。それはコンプライアンスの遵守である。

反社会的勢力との親密交際者や、未成年との淫行を公言するものが怪談師の中に存在することだ。カルチャーとして未来永劫、怪談を語る行為を繁栄させるためには、気持ちを引き締め社会人として立派な人間を育成する必要がある。怪談とは、日本人にとって大切な文化的遺産である。それだけに、襟を正していくことが必要ではないだろうか。

本書は書き下ろしです。

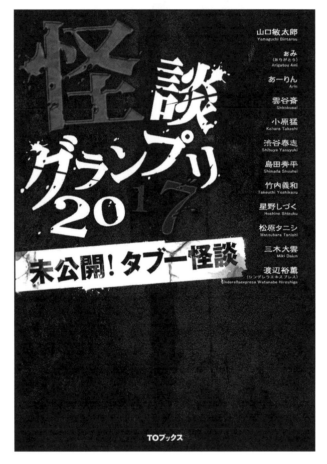

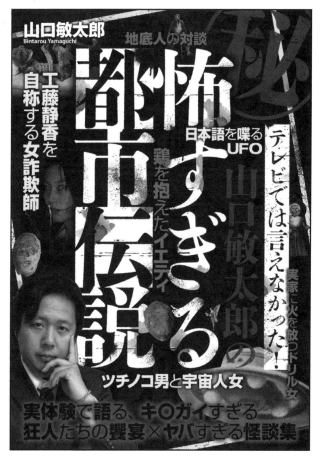

怪談グランプリ2018 地獄変

2018年8月1日　第1刷発行

監　修　山口敏太郎

著　者　山口敏太郎／あみ（ありがとう）／あーりん／大島てる／小原猛／志月かなで／渋谷泰志／島田秀平／竹内義和／田中俊行／徳丸新作／はやせやすひろ（都市ボーイズ）／疋田紗也／星野しづく／松原タニシ／三木大雲／渡辺裕薫（シンデレラエキスプレス）／横山創一

発行者　本田武市

発行所　TOブックス
〒150-0045　東京都渋谷区神泉町18-8　松濤ハイツ2F
電話 03-6452-5766（編集）0120-933-772（営業フリーダイヤル）
ホームページ　http://www.tobooks.jp
メール　info@tobooks.jp
FAX　050-3156-0508

印刷・製本 中央精版印刷株式会社
ISBN978-4-86472-709-9　Printed In Japan.